Tucholsky Wagner Zola Scott Sydow Freud Schlegel
Turgenev Fonatne Wallace Walther von der Vogelweide Fouqué Friedrich II. von Preußen
Twain Weber Freiligrath Frey
Fechner Fichte Weiße Rose von Fallersleben Kant Ernst Richthofen Frommel
Engels Fielding Hölderlin Eichendorff Tacitus Dumas
Fehrs Faber Flaubert Eliasberg Ebner Eschenbach
Feuerbach Maximilian I. von Habsburg Fock Zweig Eliot
Ewald Vergil
Goethe Elisabeth von Österreich London
Mendelssohn Balzac Shakespeare Dostojewski Ganghofer
Trackl Lichtenberg Rathenau Doyle Gjellerup
Mommsen Stevenson Tolstoi Hambruch Droste-Hülshoff
Thoma Lenz Hanrieder
Dach von Arnim Hägele Hauff Humboldt
Karrillon Reuter Verne Rousseau Hagen Hauptmann Gautier
Garschin Defoe Baudelaire
Damaschke Descartes Hebbel
Hegel Kussmaul Herder
Wolfram von Eschenbach Dickens Schopenhauer Rilke George
Bronner Darwin Melville Grimm Jerome Bebel Proust
Campe Horváth Aristoteles Voltaire Federer Herodot
Bismarck Vigny Barlach Heine
Gengenbach
Storm Casanova Tersteegen Grillparzer Georgy
Chamberlain Lessing Langbein Gilm Gryphius
Brentano Lafontaine
Strachwitz Claudius Schiller Kralik Iffland Sokrates
Bellamy Schilling
Katharina II. von Rußland Gerstäcker Raabe Gibbon Tschechow
Löns Hesse Hoffmann Gogol Wilde Gleim Vulpius
Luther Heym Hofmannsthal Klee Hölty Morgenstern Goedicke
Roth Heyse Klopstock Kleist
Luxemburg Puschkin Homer Mörike Musil
Machiavelli La Roche Horaz
Navarra Aurel Musset Kierkegaard Kraft Kraus
Lamprecht Kind Kirchhoff Hugo Moltke
Nestroy Marie de France
Laotse Ipsen Liebknecht
Nietzsche Nansen Ringelnatz
Marx Lassalle Gorki Klett Leibniz
von Ossietzky May vom Stein Lawrence Irving
Petalozzi Knigge
Platon Pückler Michelangelo Kock Kafka
Sachs Poe Liebermann Korolenko
de Sade Praetorius Mistral Zetkin

Der Verlag tredition aus Hamburg veröffentlicht in der Reihe **TREDITION CLASSICS** Werke aus mehr als zwei Jahrtausenden. Diese waren zu einem Großteil vergriffen oder nur noch antiquarisch erhältlich.

Symbolfigur für **TREDITION CLASSICS** ist Johannes Gutenberg (1400 — 1468), der Erfinder des Buchdrucks mit Metalllettern und der Druckerpresse.

Mit der Buchreihe **TREDITION CLASSICS** verfolgt tredition das Ziel, tausende Klassiker der Weltliteratur verschiedener Sprachen wieder als gedruckte Bücher aufzulegen – und das weltweit!

Die Buchreihe dient zur Bewahrung der Literatur und Förderung der Kultur. Sie trägt so dazu bei, dass viele tausend Werke nicht in Vergessenheit geraten.

Zur Chronik von Grieshuus

Novelle (1884)

Theodor Storm

Impressum

Autor: Theodor Storm
Umschlagkonzept: toepferschumann, Berlin

Verlag: tredition GmbH, Hamburg
ISBN: 978-3-8424-1365-8
Printed in Germany

Theodor Storm

Zur Chronik von Grieshuus

Novelle (1884)

Zu meinen Jugendfreuden in der Heimat, wo uns die alte Gelehrtenschule nicht zu sehr den Geist verschnürte, gehörten die Wanderungen aus der Stadt ins Freie. Zwar ging es nicht, wie anderswo, durch Feld und Wald, auch selten nur durch Feld und Busch; denn nach Süden hin dehnte sich die Marsch mit ihrer weiten, von Wassergräben durchschnittenen Weidefläche, während nordwärts, zu Osten der nordfriesischen Küste, die sandige Geest aufsteigt, ohne Wälder oder Bäume, nur selten mit Schwarz- oder Weißdornbüschen auf den niedrigen Wällen, welche die einzelnen Felder voneinander scheiden. Gleichwohl fand sich für die Knabenseele Augenweide und anregendes Geheimnis hier genug: über den Sand am Wegrande huschten die Schlupfwespen, flogen die schönen grünen oder kupferfarbigen Zizindelen; an den gelbschimmernden Abstürzen der Sandgruben, die man hie und da passierte, zeichneten sich die dunklen Eingänge zu den unabreichbaren Nestern der Uferschwalbe; kletterte man hinauf und stampfte oben auf der dürren Bodendecke, so huschten, einer nach dem andern, die schlanken Vögel aus ihren Höhlen und wimmelten oft scharenweise in der Luft, während über ihnen aus nimmermüder Kehle der unablässige Gesang der Lerchen tönte.

Wohin es aber an freien Nachmittagen mich am stärksten lockte, was auch noch jetzt mit seinem weltfremden Zauber der rauschendste Laubwald mir nicht ersetzen kann, das war die Heide, welche derzeit nach dieser Richtung hin noch unabsehbare Strecken mit ihrem bräunlichen Steppenkraut bedeckte. Besonders eine Stelle, welche von der Stadt aus nur nach mehrstündigem Wandern zu erreichen war, die ich aber gleichwohl am liebsten und fast immer nur allein besucht habe; und deutlich steht es vor mir, wie ich sie zuerst entdeckte.

Ich saß schon eine Zeitlang auf den Bänken unsrer Prima, als ein stürmischer Oktobernachmittag mit seiner nordischen Sagenstimmung mich herausgelockt hatte; kein Tier ließ sich sehen, der feine Sand flog in Wolken vor mir auf; nur einmal huschte ein grauer Vogel über den Weg und verschwand in einer Ritze des seitwärts laufenden Steinwalles. Nach ein paar Stunden erreichte ich ein kleines Dorf; es lag zwischen mageren abgeheimsten Feldern, der aus rohen Felsquadern aufgemauerte Turm der tiefliegenden Kirche überragte kaum die niedrigen, nur selten durch eine Rüster oder Pappel halbverdeckten Strohdächer. Jenseit derselben begegnete mir ein alter Mann mit einer Furke auf der Schulter. »Guten Tag!« rief ich durch den Wind ihm zu. »Guten Tag auch!« wiederholte der Alte wie im Widerhall; ich sah es nicht, aber ich glaubte es zu fühlen, wie er stehenblieb und mir verwundert nachsah.

Ich schritt rüstig durch den Wind hindurch, bald auf schmalem Feldweg, bald quer über Feld und Wälle; ein paarmal flog die Mütze mir vom Kopf, aber der Boden stieg jetzt merklich aufwärts, und so war sie immer wieder bald zu haschen. Endlich stand ich vor der eingestürzten Wand einer ungewöhnlich großen, aber, wie es schien, seit lange außer Brauch gesetzten Sandgrube, welche mir jeden weiteren Ausblick wehrte. Als ich mit Hilfe einiger Ginsterbüsche emporgeklettert war, befand ich mich auf einer ebnen Fläche; doch kaum ein halbes tausend Schritte weiter ging es, wenn auch ganz allmählich, wieder abwärts; und da hatte ich sie, die Heide.

Die Zeit ihrer Blüte mit dem bläulichroten Seidenschimmer war vergangen; düster, in ihrer ganzen feierlichen Einsamkeit, lag sie vor mir: ein breites, muldenförmiges Tal, anscheinend ohne Unterbrechung von der dunklen Pflanzendecke überzogen, das sich wohl eine halbe Wegstunde weit zu meinen Füßen dehnte und sich dann durch die zusammenlaufenden, fast ganz mit niedrigem Eichenbusch bedeckten Höhenseiten abschloß.

Ich war oben bis an den Rand der Fläche vorgetreten: ein schmaler, scheinbar wenig benutzter Fußsteig lief in das Heidekraut hinab und mochte drüben an dem jetzt kaum erkennbaren Ausgange der Talmulde wieder zur Ebene emporsteigen. Als meine Blicke länger an dem fernen Punkt gehaftet hatten, meinte ich den Rest eines turmartigen Mauerwerkes zu gewahren; aber die Dämmerung brach jetzt rasch herein, im Westen lagerte unter schwarzvioletten Wolken ein Streifen düsteren Abendrots, und die Nacht begann das Heidetal zu füllen; auf den Höhen hörte ich wohl das Sausen des Windes in den Krüppeleichen; aber meine Augen sahen bald auch hier nur ein unterschiedloses graues Wogen. Nur meine Phantasie hatte sich dort den Turm erbaut: Nicht jetzt, einst, sagte ich mir, hatte ein derartiges Gemäuer dort gestanden; denn ich glaubte plötzlich zu wissen, wohin der Zufall mich geführt hatte. Nicht, daß ich jemals selber hier gewesen wäre; aber mit aufhorchenden Knabenohren hatte ich, und mehr als einmal, von diesem Orte reden hören.

Ich wandte mich zurück, denn es trieb mich, trotz der Dunkelheit, noch nähere Zeichen aufzuspüren; auch hatten am Westhimmel die Wolken sich verzogen, und es leuchtete noch ein letzter Abendschein über den mit kurzem Gras und Thymian bewachsenen Boden. Und bald, hin und wider gehend, erkannte ich breite Streifen auf demselben, die in hellerer Färbung nicht so ganz das karge Licht verschlangen, wo wie aus Schutt nur dürre Halme aufgeschossen waren. Augenscheinlich hatte ich drei Seiten eines geräumigen Vierecks vor mir; zwei derselben liefen bis an den Rand der Grube, die fehlende, welche das Ganze abgeschlossen hatte und von der an der Südostecke nur noch ein Stück erkennbar war, mußte darüber hinaus gelegen haben und später fortgegraben sein. Als ich mich über den Rand der Grube beugte, bemerkte ich drunten ein paar gewaltige Granitquadern, wie sie zu Fundamenten breiter Mauern dienen, die zwischen Backsteintrümmern aus dem Sande ragten.

Gegenüber, nach der Talmulde zu, schien eine kleinere, viereckige Zeichnung zwischen schmäleren Streifen anzudeuten, daß einst ein Torhaus hier gewesen sei.

»Grieshuus!« rief ich fast laut. »Hier hat Grieshuus gestanden!«

Noch einmal war ich gegen den Rand der Fläche vorgetreten und blickte in die jetzt so große Einsamkeit hinaus. Es reizte mich, da vor meinen Füßen den nur noch für die nächsten Schritte erkennbaren Heidestieg hinabzugehen; aber, ein Wort war plötzlich in mir laut geworden: »Die schlimmen Tage!« Wenn eben jetzt die

schlimmen Tage wären! - Unwillkürlich hielt es mich zurück: ein
Aberglaube schwebte über dieser Heide, der letzte Schatten eines
düsteren Menschenschicksals, womit ein altes Geschlecht von der
Erde verschwunden war. Es sollte eine Zeit im Jahre geben oder
einst gegeben haben, wo dem, welcher nach Sonnenuntergang dies
Tal durchschritt, etwas Furchtbares widerfuhr, das die Kraft seines
Lebens abstumpfte, wenn nicht gar völlig austat.

Auch war nicht alles Sage; man wußte noch von denen, welche
als die letzten hier gehaust hatten, wo jetzt der Sturm über die Heide fegte. Zum Teil lag es in alten Archiven, und es kam jeweilig bei
dem Aufsuchen eines vergrabenen Dokumentes mit diesem oder
jenem Brocken an das Tageslicht; andres hatten die Augen der damals Lebenden gesehen, oder ein Wort, ein Ton, den man zu deuten
wußte, hatte hier oder dort die Luft ihnen zugetragen; und an Win-
terabenden, hinter dem Bierkrug wie am Spinnrad, nicht nur im
Dorfe, auch drüben in der Stadt, saß man beisammen und erzählte
und fügte scheinbar sich Fernliegendes aneinander, von den Urah-
nen herab bis fast an den heutigen Tag; denn außer auf einem, gar
bald fürstlich und dann königlich gewordenen Gute hatte kein
andres Adelsgeschlecht in unsrer Nachbarschaft gesessen.

An jenem Tage war ich spät erst heimgekommen; freilich zum
Schlafen früh genug; denn immer wieder stiegen die alten Mauern
vor mir aus dem Boden: ich stand in dem umschlossenen Hofe und
sah durch den gewölbten Torweg auf das Heidetal hinaus: auf beiden Höhenseiten zogen sich jetzt dichte Eichenwälder bis drüben an
den Aufstieg, wo ihre Kronen sich vereinten; der Mond stand am
Himmel und beleuchtete dort ein stumpfes Turmgemäuer; mir war,
als sähe ich eine hohe Gestalt in die Heide hinabschreiten und dort
verschwinden. Während von den Höhen das Rauschen der mächtigen Laubmassen, die der Sturm bewegte, an mein Ohr drang, hatte
ich mich umgewandt: ich sah auf die langgestreckte Front des Hauses, dessen graue Mauern von einer Doppelreihe niedriger Fenster
durchbrochen waren; in der Mitte unter einem spitzen Treppengie-
bel lag das hohe Haustor, von welchem eine Steintreppe mit breiter
Beischlägen auf den weiten Hof hinablief. - Schon wollte ich hinauf
und in das Innere des Hauses treten; aber das Brausen des Sturmes

wurde stärker, und ich sah plötzlich nichts, als nur den Sand in Wirbeln über einem leeren Absturz treiben.

Die Bilder, welche in dieser Nacht in mir lebendig wurden waren nicht nur Phantasiegemälde; in einem älteren Werke über die einstigen Herrensitze unsres Landes, das vor Jahren mir zur Hand gekommen war, hatte ich den Grundriß nebst einer kleinen äußeren Ansicht von Grieshuus gefunden und mich schon derzeit ganz darin vertieft. Von nun an aber ließ es mir keine Ruhe mehr; wo ich irgend in Schrift- oder Druckwerk oder im Gedächtnis eines Menschen derart Verborgenes witterte, mußte es hervorgegraben werden; vom Bürgermeister bis zu dem würdig redenden Barbier und Amtschirurgus, dessen Bek ken, wie der Staupbesen unsres letzten Scharfrichters, durch Jahrhunderte auf den jetzigen Inhaber herabgeerbt waren, mußten mir alle stillhalten. Auch trugen mein Fleiß und meine Unverschämtheit mir unerwartet reiche Frucht; mein Vater aber, wenn er mich die eingeheimsten Kunden in das eigens dazu hergerichtete Heft eintragen sah, nannte mich scherzend den »Chronisten von Grieshuus«.

Und als solcher, nachdem seit damals wiederum ein halbes Jahrhundert abgelaufen ist, will ich es jetzt erzählen.

Erstes Buch

Um die Mitte des siebzehnten Jahrhunderts und noch während eines Dezenniums später saß zu Grieshuus ob der Heidenmulde, »baven de Heidkul«, wie es in gleichzeitigen Akten heißt, ein Junker, dessen Familienname seit lange aus den Geschlechtsregistern unsers Adels verschwunden ist; auch weiß man von ihm selber nicht viel mehr, als daß seine Wirtschaft und sein Wappen die beiden Dinge gewesen sind, von denen er, wenn überhaupt, bei gutem Trunk am breitesten geredet hat; wie er dafür gerühmt worden, daß er seinen Acker nicht verunkrauten lasse, so hat er auch mit lebender und fast mit toter Hand gewehret, daß sein adeliges Blut sich nicht an dem gemeinen roten Blut verfärbe. Gereiset ist er stets im Sattel; doch wenn die Glocken zum Gottesdienst geläutet haben, ist er in einen offenen Kastenwagen mit hohen roten Rädern eingestiegen; denn als Patron stand ihm allein das Recht zu, auf dem Kirchhof bis vor den Eingang in die Kirche anzufahren; das durfte nicht versäumt werden. An der Ostseite der Mauer, wo die Gruftkapelle war, befinden sich noch jetzt zwei ungefüge Ringe, an denen der Fuhrknecht dann die Pferde anband. Aber das alte Haus hat derzeit, die seinen ungerechnet, nur auf vier Augen noch gestanden.

Ein Paar von Zwillingsbrüdern ist es gewesen, im Anfang fast sich gleich an Antlitz und schlanker Wohlgestalt: ein schmales Haupt mit hart an der vorspringenden Nase stehenden Augen und schwarzbraunem Haupthaar ist allen dieses Geschlechtes eigen gewesen; bei dem ältesten der Brüder aber, dem Junker Hinrich, hat an den Schläfen sich das Haar gleich einem dunklen Gefieder aufgesträubt, so daß man ihn mit seinen grauen, oft jähe Funken werfenden Augen einem Adler soll verglichen haben. Bei dem Junker Detlev dagegen ist das anfangs wellige Haar allmählich schlichter worden, bis es in Strähnen auf das Wams herabfiel, und wenn, was drum nicht seltener geschehen, Zorn oder Grimm ihn überkommen, so sind seine Augen wie stumpf geworden, und hat niemand sehen können, was dahinter vorgegangen. Es ist nicht kund geworden, daß er den Hörigen oder dem Gesinde etwas Übles angetan, aber dennoch sind sie gern ihm aus dem Weg gegangen, als ob solches gleichwohl von ihm zu fürchten sei.

Zwischen den Brüdern soll kaum je ein Zank, noch weniger aber eine Kameradschaft gewesen sein, ersteres wohl nur, weil jeder seinen eignen Weg gegangen; denn während der jüngere Liebling des Informators gewesen und auch noch nach den Lehrstunden in ihrer Kammer über den Büchern gesessen ist, hat der ältere alsbald den Bauern und Knechten draußen bei der Arbeit zugesehen, auch wohl selber Sichel oder Pflug mit angefaßt; am liebsten ist er aus dem Torweg und dann geradezu den Fußsteig durch die Heidemulde hinabgerannt und hat drüben oberhalb des Aufstiegs, wo mit mächtigen Kronen die Wälder auf den Höhenseiten zueinandertraten, bei dem alten Revierjäger angeklopft, der dort mit einem Knechte in einem turmartigen Aufbau hauste. Unterweilen, wenn er trotz dessen Warnung an Spätherbstnachmittagen, die Mütze in der Hand, mit heißen Wangen durch das Hoftor stürzte, hat wohl der Alte ihn gescholten: »Was ist? Du hast den Wolf gesehen!« und »Komm mir so allein nicht wieder, Junker Hinrich!« Dann hat der Bube nur gelacht: »Brumme nicht, Owe Heikens! Komm und laß uns nun die Grube richten!« Und dann ist der Alte doch nur zu gern mit ihm gegangen.

Der Vater mochte, soweit er darum wußte, dies alles so geschehen lassen; denn obwohl ihm das Gut zu freier Erbverfügung stand, so war doch nach Haus- und Landesbrauch der Erstgeborene allzeit als künftiger Gutsherr angesehen worden, auch mag der Knabe selber solchen Sinns gewesen sein; die Bauern aber und die Hofesleute sind, je mehr die Brüder aufgewachsen, des nur immer froher worden. Zwar ist der Junker Hinrich, wie auch sonst die meisten seines Stammes, jach zur Tat gewesen; der Bibelspruch, daß »Selig sind die Sanftmütigen«, den bei der Einsegnung der beiden Brüder der Geistliche ihm auf den Weg gab, hat dagegen nicht verschlagen wollen. Denn nicht lange danach war es, an einem Novembernachmittage; die Dämmerung fiel schon herab, und noch immer suchte er nach seinem weißen Leibhund, den er seit Mittag schon vermißte. Grollend war er aus dem Torweg und bis zum Abstieg vorgeschritten: »Tiras! Tiras!« schrie er; dann ließ er durch die Finger einen gellen Pfiff erschallen; und alsbald, da er sich lauschend vorgebeugt, kam es wie Klagelaute drunten aus der Heide. Da lief er in das hohe Kraut hinab, dem Schalle folgend, der wieder und immer näher ihm entgegendrang, und schon erkannte er einen von den Knechten, der trug das große Tier auf seinen Armen.

»Was soll das?« rief er. »Laß den Hund zu Boden!«

Das Tier aber streckte winselnd den Kopf nach seinem Herrn. »Es geht nicht«, sagte der Knecht; »unten am Moorloch hat er im Fuchseisen festgesessen.«

Der Junker stieß einen Fluch aus und wuchtete in der Faust den dicken Knotenstock, womit er es vorhin dem Hunde zugedacht hatte: »Wo ist Hans Christoph?« frug er. »Er sollt es fortnehmen; schon vor Mittag hatt ich's ihm geheißen.«

»Der Junge ist was vergeßlich, Herr; ich denk, er ist wohl schon zu Hof gegangen.«

Als der Junker nach der wunden Pfote faßte, schrie das Tier erbärmlich. »Vorwärts«, rief er dem Knechte zu; »wir wollen auch zu Hof!«

Der Junge Hans Christoph aber stand noch droben vor dem Torhaus und ein süßes zehnjähriges Dirnlein neben ihm. »Was willst du denn so spät noch?« frug er; »es wird ja balkendunkel, eh du wieder heim im Dorf bist; und hörst du? Es kommt Unwetter aus Nordwest!«

»Ja«, sagte sie und nickte mit ihrem blonden Köpfchen, »ich fürcht mich auch; aber ich trag hier Schriften, die so spät erst fertig worden; mein Vater hat sie für euren alten Herrn geschrieben, und du könntest sie ihm wohl bringen; ich scheu mich so vor ihm.«

Aber Hans Christoph antwortete nicht; mit entsetzten Augen starrte er auf den kleinen Zug, der eben jetzt den Heidestieg hinaufkam; denn in erschreckender Deutlichkeit baumelte das vergessene Eisen an der Hand des voraufgehenden Knechtes; darüber erblickte er den weißen Hund, der gleich einem wunden Wild auf dessen Armen lag. Und schon waren sie oben, und der Junker stand mit grimmem, schier verzerrtem Antlitz vor dem Jungen.

»Herr! Ach, Herr!« Im Schrecken suchte der des Junkers Arm zu fassen; aber schon hatte der schwere Stock des Jungen Kopf getroffen, daß er lautlos zu Boden fiel.

Ein Schrei des blonden Dirnleins hat die Stille unterbrochen: »Pfui, pfui, der böse Junker!« Einen Augenblick noch hat sie groß und angstvoll zu ihm aufgeschaut; dann unter stürzenden Tränen die Schriften, die sie noch in Händen hatte, von sich werfend, ist sie den Seitenstieg hinabgerannt, der um die Gebäude nach dem Dorfe führte.

Der Junker Hinrich, der wie leblos dagestanden, ist plötzlich aufgefahren: »Bärbe! Bärbe!«, denn er pflegte mit dem Kinde sonst manch gütig Wort zu reden; dann aber, da sie ihn nicht hörte, hat er sich über den wimmernden Jungen auf den Boden hingeworfen, Haar und Wangen ihm gestreichelt und ihn letzlich mit dem Knechte nach seiner Kammer und auf sein eigen Bett getragen.

Die dicke Ausgeberin, die mit der Magd schon vor der Küchentür gestanden, ist emsig hinterhergetrabt: »Nun, Junker, da habt Ihr Sauberes angerichtet; da draußen nichts als Nacht und Unwetter, und der Chirurgus meilenweit da drüben in der Stadt!«

Der Junker hat kein Wort darauf erwidert, aber er ist fort und nach dem Hof hinabgerannt; und kaum eine Stunde später hat er auf seines Vaters großen Rappen vor dem Stadttor angehalten. Als aber nach vielem Rufen ihm geöffnet worden, war auf den dunklen

Gassen groß Gewimmel und Gejauchze; war doch am Nachmittage von gesamten Zimmerleuten aus Stadt und Amt der neue Galgen vor dem Ostertore in Präsenz des worthabenden Bürgermeisters aufgerichtet und ihnen dann frei Bier in großen Tonnen vom Magistrat verabreicht worden; da haben die andern Gewerke auch nicht trocken sitzen wollen, und sind auf den Abend viel lustiger Leute in der Stadt gewesen.

An einem Häuschen, das sich auch im Dunkeln durch die im Winde klappernden Becken kenntlich machte, hatte der Junker seinen Rappen angebunden. »Holla, Frau Meisterin, ist denn Ihr Mann noch auf den Beinen?«

Die alte Frau, die mit einem qualmenden Lämpchen im Hausflur vor ihm stand, gab keine Antwort; mit verstürztem Antlitz wandte sie sich um und lief in eine Kammer: »He, Nikolaus, Nikolaus!« hörte er sie rufen, »der Junker von Grieshuus steht draußen!«

Aber der Junker stand schon in der Kammer und vor der Bettstatt, wo der Amtschirurgus schnarchend und voll süßen Bieres auf den Kissen lag. Da haben er und die Frau Meisterin den trunkenen Mann mit gütlichen Worten sanft gerüttelt, bis die müde Seele wie aus eines Brunnens Tiefe an die Oberwelt gelangte; als aber die mageren Beine nicht aus der Bettstatt vorwärtswollten, hat der Junker zur Ermunterung mit seiner Peitsche hin und her geklatscht, und, als die Frau darüber schier verschrocken worden, dem Manne selbst in Wams und Hosen helfen müssen. »So, Meister Nikolaus, Er braucht heut keine Sporen; und soll der Ritt ihm gut vergolten werden!« Dann hat er ihm den Mantel umgeworfen und den Hut aufs Haupt gestülpt: »Nun das Verbandzeug und das Apostalipflaster!«

Und eh er sich's versehen, hat der Amtschirurgus hinter dem Junker hoch zu Roß gesessen, die Knie aufgezogen, die Hände um des Reiters Leib geklammert.

»Ade, Frau Meisterin!« Und unter des Junkers Sporen ist der hochbeinige Rappe durch die dunklen Gassen hingeflogen, dann durch das Tor und über die Felder in die Nacht hinaus. Als sie, schon nahe an Grieshuus, bei der Kirche im Dorf vorüberbrausten, hat der Küster, der eben von einer Hochzeit kam, ein »Alle guten Geister!« ausgestoßen und gemeinet, daß ein Hexenpaar an ihm vorbeifliege; denn der Mantel des Amtschirurgus hat wie ein Weiberrock im Wind gestanden.

Und endlich klapperten des Rappen Hufen in der Torfahrt von Grieshuus.

»Da bring ich ihn, Greth-Lise!« rief der Junker fröhlich, als er den hageren Chirurgus vorab in die Kammer schob.

»Still, still, Junker Hinrich!« Und die wackere Alte, welche eben des Jungen Kopf mit Wasser kühlte, winkte dem Eintretenden abwehrend mit der Hand: »Hier liegt ein Kranker, den Ihr selbst gemacht habt.«

Da warf der Junker sich vor dem Jungen an die Bettstatt: »Hans Christoph, verklag mich nicht da oben! Wir wollen's noch bei Lebzeit wettzumachen suchen!« Der Bursche aber richtete sich stöhnend auf dem Ellenbogen in die Höhe, so daß die Füße mit den groben Nagelschuhen, die man nicht abgenommen hatte, aus den Decken fuhren. »Junkherr«, sagte er bittend, »dann lasset unsern Tiras auch von dem Balbierer doktern!«

»Den Tiras?« - Dem Junker wollte die Stimme nicht recht aus der Kehle, und eine Weile hat er ihm nur eifrig .zugenickt. »Ja, ja, Hans Christoph, auch den Tiras!«

Und danach hat der Amtschirurgus, dem der Nachtwind allen Dunst vom Hirn gefeget, sein barmherzig Werk verrichtet; an dem Jungen erst, dann an dem Hunde; und an beiden ist die Kunst des Mannes nicht zuschanden worden.

Zwar hat der Herrensohn noch manche Nacht im Wechsel mit der unermüdlichen Greth-Lise Krankenwacht gehalten; als aber eines Morgens der weiße Hund mit Sprüngen in die Kammer tobte und dann der Junker rief: »Tiras, hallo, so gib Hans Christoph doch die Pfote!« da hat der Junge vor Freuden hell aufgelacht und ist nach ein paar Tagen selbst vom Lager aufgestanden.

Nur nach dem blonden Dirnlein hat der Junker Hinrich noch manch einmal vergebens ausgeschaut, auch unterweilen sich verdrossen abgewandt, wenn statt ihrer ein verhutzelt Männlein mit Schriftwerk in der Hand den Anberg zu Grieshuus hinaufgestiegen ist.

– Von dem jüngeren Zwillingsbruder, welcher derzeit in der Klosterschule zu Bordesholm gesessen, ist solcherlei Gewalttat niemals kund geworden; als man später ihm davon berichtet, hat er zu beidem, was vor und nach geschehen, den Kopf geschüttelt und nur gesagt: »Er weiß nicht, was uns ziemet.« Zu dem Bruder selber hat er nie ein Wort davon geredet.

Auf der Universität zu Leipzig, die er bald danach beschritten, hat er seine Juridica und Humaniora mit Fleiß traktiert, auch sich in allen Dingen wohl verhalten, insonders bei der welschen Kleiderhoffart, die dort arg im Schwange ging, ein jedes Übermaß vermieden. Gleichwohl, da er eines Sonntagnachmittags während der Vakanzzeit mit dem Bruder durch das Dorf hinabschritt, reckten alle Bauern nebst Kindern und Gesinde den Hals aus Tür und Fenstern, um dem gelehrten Herrn in seiner Alamodekleidung, mit dem weißgepuderten Kopfe, Kniebändern und Manschetten, nachzuschauen. Als später Junker Hinrich den Weg allein zurückschritt, im grauen Wams, die Ledermütze mit der Falkenfeder auf dem dunkeln, kurzgestutzten Haar, da waren es nur die jungen Dirnen, welche möglichst weit die Augen auftaten; nur waren sie in die Tiefe des dunklen Flurs zurückgetreten oder bargen sich hinter der offenen Haustür und sahen heimlich durch den Spalt, solange es irgend reichen mochte.

Es wäre nicht not gewesen, der Junker Hinrich hatte kein Auge für die Dirnen; so wenig, daß die jungen Knechte, die sich des doch hätten getrösten mögen, von ihm zu sagen pflegten, der Junker sei wohl schon ein Kerl; nur in dem einen nicht!

Um ein paar Jahre später hat gleichwohl auch ihm seine Stunde schlagen müssen; eine schicksalsschwere, mit der die letzte seines Hauses angebrochen ist.

– Jene arge Zeit war damals über unser Land gekommen, deren Greuel unter dem Namen des »Polackenkrieges« noch lange beim Bierkrug wie am Spinnrad im Gedächtnis blieben. Zwar unser Herzog führte keinen Krieg, er redete zum Frieden: aber von den Streitenden war der junge schwedische Kriegsfürst seiner Tochter Mann, der mißtrauische Dänenkönig war der Mitregent der Lande und schonte weder diese, noch den Herzog, seinen Schwestersohn. Nicht dessen drückende Brandschatzung war indes das Schlimmste;

aber ihm zu Hilfe überschwemmte fremdes Volk das Land: Kaiserliche und Brandenburger, am gefürchtetsten die Polen, unter denen Türken und Tataren mitzogen; sie plünderten und vergewaltigten und erschlugen, so sie es vermochten, was sich widersetzte.

Unter den trotz solchen Schreckens Kuragierten zählte ein altes verbissenes Männlein, das zeit seines Lebens mehr die Feder als die Waffen geführt hatte. In seinen besten Jahren ein herzoglicher Kornschreiber, hatte er noch vor Schluß des Mannesalters eine städtische Waise zur Ehe einzufangen verstanden und seit diesem einträglichen Geschäfte seinen beschwerlichen Dienst quittiert. Er hatte drunten in der Stadt sich in dem Erbhaus seines Weibes eingerichtet, nach eignem Behagen dem Schreibwerk obliegend, das ihm von Kirchen- oder Gasthausvorstehern oder andern mit der Feder ungewandten Bürgern genugsam angetragen wurde. Aber die Frau verstarb im ersten Kindbett und ließ ihm statt ihrer eine Tochter, deren spätere Schönheit man weder der Mutter noch dem überlebenden Vater nachzurechnen wußte. Diesem selber aber, so gern er sonst abends in der Schenke seine Weisheit ausgeboten hatte, war seitdem die Stadt verleidet worden; sei es ob so plötzlicher Verwaisung seines Hauses, sei es wegen Haders mit der Sippe seines Weibes, die das Neugeborene nicht in seinen Händen lassen wollte.

Nun war es schon über ein Jahrzehnt, daß abseit des Dorfes unterhalb Grieshuus sich zur Verwunderung der Bauern ein städtisch Männlein angesiedelt hatte, das Sommer und Winter in spitzem Hut und einem Vielfraßpelze in die Kirche ging. Das vom Hofherrn in Erbhäuer erworbene Grundstück hatte er zum Garten umschaffen, es dann mit Wällen einschließen und diese mit Weißbuchen und Hagedorn dicht bepflanzen lassen, so daß, als allmählich die Hecken aufgewachsen waren, die Giebelseite des kleinen Hauses wie aus einem grünen Nest hervorsah, während ringsum kahle Felder lagen.

Wer am Winterabend durch die kleinen Scheiben hier hineingesehen hätte, würde den Alten meistens mit der Feder in der Hand erblickt haben; vor einem Foliobogen gelblichen Papieres, worauf bei kargem Kerzenlichte ein Schreibwerk langsam weiterrückte. An Sommertagen mußte man ihn im Garten bei seinen Bienenkörben suchen, die dort gegen Osten in doppelten Reihen übereinander an dem hohen Zaune aufgestellt waren. Hier konnte man auch wohl das blonde Dirnlein sehen, das mit ihm eingezogen war; mitunter saßen sie beisammen auf einem Bänkchen unterhalb der grünen Hecke; der Alte hatte dann ein aufgeschlagen Buch in Händen und las ihr vor, oder er zeigte mit dem Finger und ließ die Kleine selber lesen. Ins Dorf hinunter kam sie nicht; nur eine Zeitlang, da sie größer worden, war sie wohl mit Schriften auf den Herrenhof gegangen, die ihr Vater für den alten Junker angefertigt hatte. Dann hatte auch dieses aufgehört; nun war sie seit Jahren hier nicht mehr gesehen worden: eine alte Frau in feinem Tuchmantel und verbrämter Kappe war mit ihr durch das Dorf und den Weg zur Stadt hinausgefahren, eine reiche »Möddersch«, wie man sich erzählte; das Kind sollte was Besseres lernen, als hier im Dorf zu haben war, und in der großen Kirche eingesegnet werden. Auch später hatte die Möddersch sie nicht missen wollen; als aber jetzt die Tausende des fremden Kriegsvolks gegen die Stadt anrückten, hatte das Männlein, fast mit Gewalt, die Tochter in sein Gartennest zurückgeholt. Allein eben hieher sprengte der Krieg sein losestes Gesindel; schon einmal hatte er vor des Herzogs Freunden, den längst arg berufenen Schweden, das Kind so tief unter dem Dach versteckt gehalten, daß es danach mit einem Spinnwebhäubchen auf dem blonden Haar hervorgezogen wurde; was er aber jetzt bei hellem Sonnenschein durch eine Lücke des Gartenzaunes gegen sein Haus heranlaufen sah, die langen Schnauzbärte und die roten Mäntel, das mußten Polacken, wenn nicht gar Tataren sein!

Die Knie des kleinen Mannes schlotterten; erst eben hatte er droben hinter dem offenen Giebelfenster eine helle Stimme singen hören. »Bärbe, Bärbe!« rief er an das Haus hinauf, »die Polacken, um Gottes Tod, schweig still!«

Als gleich danach ein angstvolles junges Antlitz aus dem Fenster fuhr, stand er schon wieder an seinem vorhin verlassenen Bienenstande, eine Drahtmaske vorgebunden, große Lederstulpen an den Händen. Hurtig rückte er einen kleinen Holztritt von einem Stock zum andern, und schon waren unter dem tönenden Gesumm der Bienen alle oberen Körbe umgekehrt und lehnten mit der offenen Seite an den Rand des Gartenzauns.

Der Alte nickte, ein grimmiges Lachen fuhr wie ein Schluchzen aus dem zahnlosen Munde; dann stieg er zum letztenmal von seinem Tritt und steckte den Kopf mit dem wehenden Greishaar durch die Zaunlücke; als er aber die Kerle, voran ein schlanker Bursch mit gezogenem Pallasch, nach dem Hause zulaufen sah, winkte er ihnen mit der Hand und schrie laut und immer lauter: »Paschól! Paschól!« ein Wort, dessen Sinn er zwar nicht kannte, das ihm aber in Entstehung eines andern hier verwendbar scheinen mochte. Und wie er es gewollt hatte, die Polacken wandten sich und kamen mit Geschrei gegen die Zaunlücke hergestürmt; das Männlein aber nickte ihnen noch einmal zu; dann packte er mit beiden Händen eine Stange und schlug damit wie toll, Reih auf und ab, gegen die offenen Bienenkörbe: »Paschól! Paschól!« schrie er; und noch einmal »Paschól!« Und die wütend gemachten Tiere stürzten sich über den Zaun auf die erschreckten Strolche, und Flüche und Lustgeschrei wurden zu Geheul und der Ansturm zu einer wilden Flucht.

Als das kluge Männlein abermals durch den Zaun lugte, ist der Haufe schon fern gewesen; die Hände vor den Augen, rannten sie blind ins Weite; nur der Anführer hat sich noch einmal umgewandt und unter unverständlichem Geschrei wie drohend seine Faust gehoben.

– Am Abend desselben Spätsommertages ist es gewesen; der Mond, der eben glührot aus den Nebeln aufgestiegen war, warf jetzt sein silberklares Licht in die Gassen des kleinen Dorfes, als unter einem der niedrigen Strohdächer die hohe Gestalt des Junkers Hinrich in den hellen Schein heraustrat, der kunstfertige Hufschmied mochte an der neuen Pannenbüchse, die jetzt über seiner Schulter hing, den einen oder andern Fehl beseitigt haben. Mit ihm hatten zwei große Hunde sich zur Tür hinausgedrängt; der Tiras war nicht mehr darunter, zwei lohbraune Schweißhunde waren es, die ihn jetzt meistens zu begleiten pflegten, nicht nur zum Schutze gegen streifendes Gesindel; wie nach dem großen Krieg im Reiche draußen, so hatte auch hier das Raubzeug sich vermehrt, gar auf den Landtagen hatte man über die Ausrottung des grausamen Wolfs verhandelt und Beschluß gefaßt; in den Eichen von Grieshuus aber fand das Gezüchte insonders seinen Unterschlupf, und Junker Hinrich und der alte Jäger Owe Heikens waren ihm mit Fallen wie mit Hunden auf dem Nacken.

Die Hände auf den mächtigen Köpfen der zu beiden Selten schreitenden Tiere, war er durch das Dorf hinausgegangen; das weite Feld lag vor ihm; nur drüben wie im Nebel erhob sich das umbuschte Heimwesen einer Menschenwohnung. Langsam schritt er durch die Nachtstille aufwärts; da scholl von dort ein Schrei zu ihm herüber, ein »Hilfe! Mordio, Hilfe!« aus der Kehle eines Weibes, wohl eher eines Kindes, so daß er horchend stillstand und seine beiden Begleiter schnobernd die Lefzen von den weißen Zähnen zogen.

Nur einen Augenblick, dann bog er seitwärts in einen schmalen Weg, und bald schlich er, die Hunde hinter sich, das Schloß der Büchse mit den Fingern prüfend, unter überhängenden Büschen an einem Gartenzaun entlang. Durch die Laubwand von der andern Seite kam ein Gesumme, wie spät abends aus Bienenkörben, bevor alles darin zur Ruhe geht. Bald aber schlugen andre Laute an sein Ohr: ein Krächzen wie aus der Kehle eines Gewürgten, dazwischen von ein paar heiseren Stimmen: »Ruf doch der Bien! Alte Paschól, ruf doch der Bien!« Ein wildes Lachen folgte; aber eine Antwort kam nicht darauf; nur in den Bienenkörben summte es schläfrig weiter, und von drüben erhob sich eine Unruhe wie von verzweifelter, aber schwacher Gegenwehr.

Die Zaunlücke, welche dem Junker jetzt zur Seite lag, gestattete einen Durchblick nach dem Garten; aber ein jäher wortloser Schrei der jungen Weiberstimme ließ ihn nur zum stummen Zeichen seine Hand ausstrecken; und mit dem tiefen dumpf gezogenen Laut, der dieser Rasse eigen, schossen die Hunde, einer hart am andern, durch die Öffnung; Geschrei und Flüche folgten gleich danach; dann ward es still.

Als Junker Hinrich selber in dem Garten stand, hatte jedes der beiden Tiere seinen Mann gestellt; ihr heißer Rachen mit den blanken Zähnen lag, hier wie dort, vor einem dick verschwollenen Angesicht, aus dem das Weiß des Auges nur noch kaum hervorschien. Aber kein Weib, weder ein altes noch ein junges, war zu sehen. Ein schlotterndes Männlein mit fast haarlosem Kopfe stand zwischen den beiden Strolchen, das Ende eines langen Stricks am Halse.

»Ist Er es, Kornschreiber?« rief der Junker; »da war Er wohl nahzu gehangen worden! Ich dachte einen Jungfernschrei zu hören.«

Der Alte bewegte den Kopf, wie um die Wirbel seines Genicks zu prüfen; dann nickte er heftig und streckte die mageren Hände vor sich hin.

»Halt fest, Türk! Fest, Hassan!« raunte der Junker zwischen den Zähnen seinen Hunden zu; dann zog er den Strick vom Hals des alten Mannes, und damit und noch einem andern, den die Kerle nebst ihren Säbeln auf den Grund geworfen hatten, waren ihnen bald die Hände auf dem Rücken festgeschnürt. Nur einmal versuchten sie eine Gegenrede; das Knurren und der heiße Brodem aus dem Hunderachen hielt sie lautlos am Boden festgebannt.

Der Junker aber hatte unter ihrem Wams einen Fetzen der grünen schwedischen Feldbinde in die Hand bekommen: »Hoho«, rief er, »ihr wolltet auch Polacken spielen; aber wir haben feste Keller in Grieshuus! Paß, Türk, Paß, Hassan!« Und der Zug setzte sich nach dem Hause zu in Marsch, neben welchem eine Pforte in das Freie führte. Doch der Schritt des Junkers stockte; denn seitwärts sah er ein Weib am Stamme eines Baumes stehen:

»He, Jungfer«, rief er lustig, »ist Sie es, die vorhin geschrien hat? Sie hätt mir bei der sauberen Arbeit helfen sollen!«

Es blieb alles still; erst als er nähertrat, erkannte er eine jugendliche Gestalt, die mit Stricken an den Baum gebunden war; der Kopf war auf die Brust gesunken, der Mond beleuchtete ein schönes Antlitz mit geschlossenen Augen. »Kanaillen!« schrie er; »verfluchte!« Aber er verstummte, als das schöne Haupt sich aufrichtete und ein Paar blaue Augen wie verwirrt zu ihm herüberblickten.

Junker Hinrich hatte die Kappe von seinem dunkeln Haupt gelüftet, ehrerbietiger fast als einst vor seiner gräflichen Muhme, da sie Grieshuus mit ihrer Gegenwart beehrt hatte; zaghaft, die Augen unablässig nach dem blassen Antlitz, trat er näher: »Wer seid Ihr?« trug er zögernd. »Wie kommt Ihr in das Heimwesen dieses Mannes?«

Schon streckte er die Hände aus, um die Stricke von dem schlanken Leib zu lösen; aber ein dumpfer wütender Anschlag der beiden Hunde fuhr dazwischen. Da war er mit ein paar Sprüngen wiederum an ihrer Seite; er sah es wohl, der eine der Marodeure hatte entwischen wollen; doch die Tatzen des größten Hundes lagen ihm schon wie Eisenklammern an dem Nacken.

Noch einen Blick warf der Junker nach der Gefesselten; aber der Kornschreiber war zu ihr herangekeucht, und seine Gestalt verdeckte die kindliche des Mädchens, während er an der Ablösung der Stricke sich zu mühen schien. »Sind sie fort?« hörte der Junker ihn noch fragen. »Sind sie alle fort?« Und die junge zitternde Stimme trug dagegen: »Wen meint Er, Vater; die Polacken?«

»Ja, ja, Kind; die Polacken, der Junker, alle miteinander!«

Dann war er mit seinen Gefangenen schon draußen vor dem Hause. Als er nach dem Hauptwege hinunterblickte, sah er einen stämmigen Burschen auf sich zuschreiten: »Hans Christoph?« rief er. »Bist du's, Hans Christoph?«

»Ja, Herr; ich war im Dorfe noch bei meiner Mutter; da auf dem Rückweg, von hier herüber, hört ich Eure Hunde.«

Der Junker stand einen Augenblick: »So können wir sie hierlassen; es könnt vor morgen noch einmal Besuch kommen.«

Er hatte auf die beiden Strolche hingewiesen; dann bückte er sich zu den Hunden und raunte jedem ein Wort ins Ohr; und die mächtigen Tiere, in widerwilligem Gehorsam, streckten sich zu beiden Seiten der Haustür auf den Boden.

Hans Christoph hatte verwundert zugeschaut. »Herr Junker«, sagte er, als ob er's nicht verhalten könne; »so Raubkerle haben oft verflixte Puffer; wollt Ihr um den alten Schreiber Eure schönen Hunde wagen?«

Der Junker sah ihn an, als ob er sich besinnen müsse: »Um den Kornschreiber, meinst du? O ja, Hans Christoph; auch um den Kornschreiber!« rief er fröhlich.

Und der Zug setzte sich gegen den Hof zu in Bewegung, während die Augen der Hunde ihnen nachsahen, bis sie über den Feldern in dem Ungewissen Licht des Mondes nicht mehr sichtbar waren.

– Zu Grieshuus war mittlerweile große Unruh eingebrochen; schwedische Einquartierung war gekommen, in den Scheuern und auf dem Hofe drängte es sich von Pferden und Soldaten; drinnen im

Herrenhause saßen die Offiziere hinter vollen Bechern, während der alte Herr voll Ungeduld nach seinem Sohne aussah. Als dieser mit den beiden Marodeuren anlangte, fand er nach Verwahrung derselben zwar einen Profoß bei dem Kriegshaufen, bei den Hauptleuten aber geringe Lust, den Strolchen zur wohlverdienten Strafe zu verhelfen. Um so mehr flogen in dem nächtlichen Tumult seine Gedanken immer wieder nach dem einsamen Hause, wo jetzt seine beiden Hunde Wache hielten; aber er konnte nicht fort, es gab zu viel zu schaffen und zu hüten.

Als draußen am Rand der Talmulde schon die Morgensonne auf den Heideblüten schimmerte, sah er Hans Christoph aus . einem der Ställe treten, in denen jetzt die schwedischen Dragoner bei ihren Pferden schliefen. Da winkte er ihn zu sich, er solle nach des Kornschreibers Haus hinabgehen und Futter für die Hunde mit sich nehmen; aber er solle sie dort lassen, nur sich nach allem umtun und ohne Aufenthalt Bericht erstatten.

Wohl zehnmal ist der Junker nach des Burschen Fortgang aus der Torfahrt getreten, um auf den Weg zum Dorf hinabzusehen; als aber endlich die untersetzte Gestalt desselben in den schrägen Sonnenstrahlen wieder sichtbar wurde, da sah er auch die beiden Hunde ihm zur Seite traben. »Hoho, Hans Christoph!« rief er, indem er ihm entgegenschritt, »ich hatte gesagt, du solltest die Hunde dortlassen.«

Hans Christoph zupfte sich an seinem dichten Flachshaar: »Ja, Herr, ich hätte sie auch liegenlassen, obschon sie bettelhaft mit den Schwänzen klopften; aber es ist niemand mehr im Hause dagewesen.«

Junker Hinrich hatte die Hunde fortgestoßen, die vor Freude winselnd an ihm aufgesprungen waren: »Sprich weiter, Christoph!« rief er. »Ist doch ein Unheil losgebrochen?«

Aber es gab kein Unheil zu berichten; der Kornschreiber war vor Sonnenaufgang mit seiner Tochter zu Owe Heikens in den Turm hinaufgezogen. Er war Geschwisterkind mit ihm und pflegte auch allherbstlich, wenn er an den jährlichen Holzrechnungen mitgeholfen hatte, die Martinsgans dort mitzuspeisen. Hans Christoph war dem Burschen noch begegnet, der den Flüchtenden ein paar Bettstücke durch die Eichen nachgekarrt hatte. »Für so schmucke Jungfern«, sagte er schmunzelnd, »können anitzo die Mauern nicht zu fest sein.« Er sah es nicht, welch finsteren Blick der Junker ihm bei seiner munteren Rede zuwarf; er hatte noch immer zu erzählen; auch, wie der Bauer ihm berichtet hatte, daß sie vor den großen Hunden sich gefürchtet und gar hehlings durch den Garten abgezogen seien.

Hans Christoph konnte ungehindert reden; schweigend, den Schnauzbart mit den Fingern drehend, stieg der Junker neben ihm den Anberg zum Tore von Grieshuus hinauf.

Schon fast seit einer Woche waren die Schweden abgezogen, und noch war der Junker nicht drüben in dem Turm gewesen, obgleich er sonst kaum einen Tag um den andern hatte verstreichen lassen, ohne bei dem alten Owe Heikens einzusprechen; fast war's, als scheue er sich, den jetzt dort wohnenden Gästen zu begegnen. Da kam die Kunde, daß eine Abteilung desselben Kriegsvolkes, welches jenseit des Waldes in der dortigen Flußniederung lagere, zu Zeltstangen und Faschinen die besten Bäume aus den jungen Eichenschlägen haue und schon bösliche Verwüstung angerichtet habe. Der alte Herr, der auf seinen Wald gar große Stücke hielt, ergrimmte heftig; der Junker sollte fort und mit den Offizieren unterhandeln, auch den Jäger Owe Heikens mit sich nehmen, um etwa nach dessen Anweisung aus andern Schlägen Holz zum Kriegsbedarfe anzubieten.

Es war schon hoch am Vormittage, als Junker Hinrich mit raschen Schritten in den Heidestieg hinabging; aber sie wurden langsamer, je klarer drüben das stumpfe Turmhaus vor ihm aufstieg. Mit seinem oberen Stockwerke überragte es die hohe Mauer, welche zum Schutze gegen streifendes Raubgetier den davorliegenden Hof umschloß; das rote Tor derselben leuchtete weithin in der Herbstsonne. Die Heide hatte abgeblüht; dafür begannen schon die Eichen, welche den Bau umstanden, ihre Blätter bunt zu färben; lautlose Stille herrschte, die Zweige, die sich über das Dach erstreckten, lagen ohne Regung auf den schwarzbraunen Pfannen.

Der Junker stand schon oben und hatte den Griff der Pforte in der Hand, als von jenseits der Mauer der jähe Aufschrei eines Huhnes an sein Ohr schlug. »Holla!« rief er und erschrak fast selbst vor seinem lauten Ruf; »ist wieder mal der Falk hineingestoßen?«

Er hatte das Tor geöffnet; aber es war kein Falke aufgeflogen; statt dessen sah er drüben neben der Haustür das schöne Mädchen aus des Kornschreibers Garten auf dem großen Feldstein sitzen. Zwischen ihren Knien hielt sie ein schwarzes Huhn, das krächzend mit den Flügeln schlug und mit dem Schnabel nach der blonden Flechte hackte, die in ihren Schoß herabgestürzt war.

»Sie ist es, Jungfer!« sagte Herr Hinrich, indes er zögernd nähertrat, und sah nun erst, daß ihr in der andern Hand ein Messer blitzte.

Das erhitzte Köpfchen, das rückwärts gegen die Mauer lehnte, hatte sich aufgerichtet: »Ich kann nicht!« sprach sie wie zu sich selber. Sie grüßte nicht, nur ihre blauen Augen blickten ratlos und fast hilfesuchend auf den vor ihr Stehenden.

»Was könnet Ihr nicht, Jungfer?« frug Junker Hinrich, als ob er plötzlich einen Schalksstreich berge.

Da kam ein kläglich Lächeln auf des Mädchens Antlitz; sie hub das Huhn empor und sagte: »Der Ohm, da er mit dem Knecht früh in den Wald ging, hat es mir geschenkt; mein Vater verträgt anitzo nicht die rauhe Kost.«

»Ist denn dein Vater krank?«

»Er ist alt, Herr; das jüngsthin in der Nacht, Ihr wisset ja, er hat es nicht verwinden können.« Dann stand sie plötzlich mit heißem Antlitz vor ihm: »Zürnet auch nicht, Herr Junker; ich hätt's Euch tausendmal schon danken sollen!«

Sie hatte das Messer samt dem Tiere fahren lassen; doch Junker Hinrich hatte sich gebückt und beides aufgegriffen: »Vergeßt nur nicht auf Eures Vaters Süpplein, Jungfer!« sagte er.

Dann aber tat das schöne Mädchen gleichzeitig mit dem Huhne einen lauten Schrei, denn ein Blutstrahl war emporgeschossen, gar ein paar Tropfen standen rot auf ihrer weißen Schürze. »Ihr habt es totgemacht!« rief sie und sah bestürzt auf den noch zuckenden Vogel, den er jetzt nebst dem Messer auf den Steinsitz niederlegte.

»Ich wollt's dir abnehmen, Bärbe«, sprach er; »aber nun fürchtest du dich wieder vor mir, wie dazumal die kleine Bärbe, die dann nimmermehr auf unsern Hof gekommen ist; und, freilich, ich hatte ihr Ursach vollauf dazu gegeben.«

»Nein, o nein, Herr Junker!« Und sie sah wie eine Schuldige zu Boden. »Lasset doch das, Ihr waret dermalen noch so jung! - Itzt, ich weiß es, und alle wissen es, auch drüben in der Stadt - Ihr könntet keinem Kind ein Leides tun!«

Den Junker Hinrich überkam's: »Sprecht mich nicht heilig, Jungfer Bärbe; das mit dem Christoph mag schon ruhen bleiben; aber ein andres ist noch, das sich nicht mehr bessern läßt.«

»Um Gott, Herr Junker!« rief sie, »Ihr habet doch nicht gar ein Menschenleben auf der Seele?«

Er schüttelte den Kopf: »Nein, Bärbe, es ist nur ein Hund, ein weißer Hund! Aber er steht oft nachts vor meinem Bette und schaut mich an, als wollt er mir die Hände lecken; und ich hab ihn doch selbst im jähen Zorn erschlagen, da er nicht mit den andern auf den Wolf wollte, den Owe und ich nach langer Jagd gestellet hatten.«

»Tiras!« rief das Mädchen. »Euren guten Tiras?«

Er nickte: »Und ich konnt's nicht einmal von ihm verlangen; es war ein Hund nur auf das leichte Wild und gegen seine Natur, den Wolf zu packen.«

»O Junker«, und sie streckte wie ein Kind die Hände gegen ihn; »tut doch solches nimmer wieder!«

Er ergriff sie heftig: »Nein, nein, so Gott mir helfe; man müßte mir denn ans Leben wollen!«

Die blauen Augen sahen strahlend in die seinen: »Merket«, sprach sie leise, »das war ein Schwur!«

Und der Junker nickte: »Nur um mein Leben, Bärbe!«

Von droben aus dem Hause, gegen die kleinen Fensterscheiben, pochte eine schwache Hand, und »Bärbe! Bärbel« scholl es wie mühsam von einer matten Stimme. Aber noch immer lagen die Hände ineinander.

Und noch einmal, und wie in ohnmächtiger Ungeduld, pochte es droben an das Fenster: »Mein Vater!« rief das Mädchen; und dann leiser: »Ihr hattet wohl mit meinem Ohm zu reden, Junker!«

»Ihr mahnet recht, Jungfer«, sagte er und ließ nur zögernd ihre kleinen Hände fahren; »und auch Euer Huhn verlangt wohl nach dem Feuer. Mir aber ist, Ihr hättet eine Last von mir genommen; wollet nun dulden, daß ich solches nimmermehr vergesse!«

Dann war er durch das Tor hinausgeschritten; sie aber stand noch, bis bei einem dritten Pochen die Splitter der zerbrochenen Scheibe ihr zu Füßen klirrten; da schrak sie empor und flog eilig durch die Haustür und treppauf nach ihres Vaters Kammer.

Es mußte wohl gewesen sein, daß der Junker etwas nicht hatte vergessen können; denn seit jenem Tage, auch nachdem im Punkt des Waldverwüstens den Wünschen des alten Herrn mit Glimpf genügt worden, ist immer eine andre Ursach aufgestanden, die den Junker den Heidestieg hinab und zu des Jägers Haus getrieben hat; dann aber, da schon die gelben Blätter wie Vogelschwärme von den Bäumen flogen, begann er plötzlich den offenen Heidegrund zu meiden und oberhalb der Mulde durch die Eichen sich den Weg zu machen; die Hunde, die ihn sonst begleiteten, wurden in den Stall geschlossen und winselten ihm vergebens durch die Pforte nach. Dem Kornschreiber konnten diese Gänge nicht wohl gelten; der hatte von jener Nacht im Garten eine Lähmung und saß im oberen Stockwerk in des Jägers Lehnstuhl, von dem Junker aber wurde die Schwelle des alten Turmbaues itzt fast selten überschritten; auch traf es sich zumeist nur um die Zeit des Vormittags, wo Owe Heikens mit dem Knecht im Walde war. Kein Menschenauge, nur die Amseln, die noch durch die fast entblätterten Zweige hüpften, konnten es gesehen haben, daß dann ein Mädchen ihr blondes Haupt an seine Brust legte und seine Arme sie so sanft und doch so fest umfingen, als ob er gegen Feindesmacht sie schützen müsse.

Aber auch von heimlichster Liebe geht ein Schimmer aus, der sie verrät. Als eines Vormittags der Junker, das Haupt von jungem Glücke schwer, aus den hohen Bäumen hart an dem Turmhaus vorgeschritten war, sprach eine Stimme neben ihm: »Ich bin daheim geblieben, Junker, damit Ihr mich nicht allzeit verfehlen möget.«

Junker Hinrich brauchte nicht erst aufzublicken; er kannte Owe
Heikens' Stimme schon seit seinen Kinder Jahren; aber er war doch
zusammengefahren und stand keines Wortes mächtig vor dem alten
Freund und Diener, obwohl kein Arg in seinem Herzen war. Da
sprach dieser von neuem: »Lasset uns wie sonst den Wolf jagen,
Junker, oder eine Wildsau, wenn wieder trotz des Grauhunds sich
eine hier herüberwagt; aber lasset das Kind in Frieden, das itzt unter meinem Dache schläft.«

Der Junker hob den Kopf, als ob er sprechen wolle. »Nein, redet
nicht, Junker!« wehrte ihm der Alte; »ich weiß ja, was Ihr in Gedanken heget; Ihr seid nicht wie die andern drüben in des Königs An-
teil, wo man ein Gesetz will ausgehen lassen, daß alle Jungfernschänder, hoch und nieder, es an Leib und Leben büßen müssen . .
.«

Er kam nicht weiter. Herr Hinrich hatte strack sich aufgerichtet,
ein jähes Feuer schoß aus seinen Augen: »Owe Heikens!« schrie er,
und seine Faust griff nach des Alten Brust. Doch einen Augenblick
nur, und er ließ sie wieder sinken; denn von drüben aus dem Turm
scholl es, als ob drinnen leichte Füße die Treppe von dem oberen
Stock hinunterhuschten, und dabei schwang ein süßer Sang sich
durch die Luft:

> »Sein Herz von meinem Herzen,
> Das bringet niemand los;
> O lieber Gott im Himmel,
> Die Lieb ist gar zu groß!«

Mit verklärtem Antlitz stand der Junker; doch Owe Heikens sagte: »Sorget nicht, Herr Hinrich; sie wird nicht kommen heut; das Tor
ist abgeschlossen und der Schlüssel hier in meinem Schubsack!«

Er hatte das fast zornig hingeredet; doch der Junker achtete dessen nicht: »Laß gut sein, Owe«, sprach er; »aber ich denke, du solltest mich nicht mit derlei Schelmenworten paaren!«

»Wenn Ihr das denkt, Herr Hinrich«, und der Alte sah schier
traurig zu ihm auf, »was denket Ihr dann weiter? In welcher Kammer in Eures Vaters Hause soll Euer Ehbett mit des geringen Mannes Tochter stehen? Oder wolltet Ihr Euer Erbe gar darum verspie-

len? Und wenn Ihr es wolltet - ich sag nichts gegen unsers Herrn Söhne; aber es würde groß Klagen geben, so Euer hochgelahrter Herr Bruder hier zum Regiment gelangte.«

Da fuhr der Junker auf: »Du faselst, Ow'; wie sollten meines Bruders Hände nach meinem Gute greifen! Wenn unsers Vaters Augen, die Gott noch lang in dieser Zeitlichkeit belassen wolle, sich einst zu besserer Schau geschlossen haben, dann werden meine über euch sein, so wie es immer Recht und Brauch bei uns gewesen ist.«

Als er solches sagte, wurde inner des Hoftores wie von vorsichtiger Hand ein Rütteln hörbar. »Bärbe!« rief der Junker. »Schließ auf, Owe! Da sollst du sehen, daß Gottes Sonne uns bescheinen mag und keine Flecken dann zutage kommen!«

Aber der Alte zog den Schlüssel nicht aus seinem Schubsack. »Nein, nein, Herr Hinrich, ich schließ Euch keine Türen auf; wollet das nicht von mir heischen, so Ihr mich anders für unsers Herren Diener achtet!«

Der Junker sah ihn eine Weile mit seinen scharfen Augen an, dann sagte er: »Ich kann dich drum nicht schelten, Owe Heikens; sehe denn jeder, welcher Weg ihm taugen mag!«

Von jenseit durch die Pforte drang ein leichtes Atmen an sein Ohr; seine Augen streiften rasch dahin; dann aber nickte er dem Alten zu und schritt den Heidestieg hinab.

> »Sein Herz von meinem Herzen,
> Das bringet niemand los!
> O lieber Gott im Himmel« –

Halb wie ein Trutzlied klang das schöne Liebeslied, und er sang es hell und heller, je weiter er durch das schwarze Kraut hinausschritt; die Lüfte, die ihm entgegenwehten, nahmen es auf und fuhren damit rückwärts; kein Wörtlein ist davon verlorengegangen.

Es heißt wohl: »Liebe findet ihre Wege«, aber dem Junker waren sie seither doch arg verlegt worden. Es schuf ihm unliebsames Grübeln, weshalb der alte Herr, und eben zwar am Vormittage, seiner Hilfe so sonderlich mehr als sonst bedürfen wolle. War es nichts andres, so waren Rechnungen aufzustellen oder für Rotuln und Rezesse in einem zähen Rechtshandel mit der Nachbarsdorfschaft Instruktionen aufzusetzen oder verschwundenen Dokumenten im Bodenschutte nachzustöbern; es fehlte selten etwas, um ihn festzuhalten.

Hatte er sich dennoch einmal fortgestohlen, dann ging die Furcht mit ihm, er möge drüben die Gäste durch seinen Vater ausgetrieben finden. Freilich tröstete ihn bald im Näherkommen, wenn nicht das Pergamentgesicht des Kornschreibers, das hinter dem Fenster im Oberbau sichtbar wurde, so doch ein trocknes Husten, das von dort herniederzitterte. Aber schon beim Eintritt kam Owe Heikens ihm entgegen, und das Schmunzeln, das dabei unter dessen grauem Schnauzbart zuckte, brachte oft ein wildes Funkeln in des Junkers Augen; dann aber scholl wohl ein leichter Fußtritt von oben durch die Zimmerdecke, und er horchte nur auf dessen Wiederkehr und ließ den Alten über Kriegsvolk und Bauern, über Wild und Wälder reden.

Am besten traf er es gleichwohl, wenn das Tor verschlossen war; dann hatten von oben junge Augen nach ihm ausgespäht; und bald, während auf den kahlen Bäumen die Raben vor Frost und Hunger schrien, drangen heiße Worte durch die trennenden Bohlen hin und wider.

– So war das neue Jahr gekommen. Die Kriegsunruhen dauerten fort; der junge Herzog Christian Albrecht war in seiner festen Stadt am Eiderstrome von den Dänen eingeschlossen; nur sein Vater, unser Herzog Friedrich, war schon vor dem Herbst auf immer zu dem von ihm ersehnten Frieden eingegangen. Trotz alle diesem war um octavis trium regum in der herzoglichen Stadt ob dem Kiele die Ritterschaft nicht minder zahlreich als sonst vertreten; denn das Geld war knapp geworden, und dort, im Umschlage, konnte man solches zu bekommen hoffen.

Auch Junker Hinrich hatte auf des alten Herrn Geheiß sich dahin auf die Reise machen müssen. Zwar nicht um Geldnegocen abzuschließen; aber der jüngere Junker Detlev, der in der Kanzlei zu Gottorf unter des Herzogs Minister Kielmannsegge bereits einen ansehnlichen Platz bekleidete, sollte dort mit einer adeligen Jungfer aus alterbgesessenem Geschlechte sein Verlöbnis feiern; und Junker

Hinrich hatte die Vermahnung mitbekommen, sich bei dem Tanze auf dem Rathaussaal in gleicher Weise umzutun; denn derzeit pflegten bei diesen Geschäftsreisen die Herren ihre Frauen und Töchter nicht daheim zu lassen, die auch heuer trotz der widrigen Zeitläufte die selten gebotene Lustbarkeit nicht würden meiden wollen. - Der alte Herr aber saß an jenem Abend, von der Gicht, der Alterskrankheit unsres Landes, geplagt, allein in seinem Gemache zu Grieshuus und warf einen Holzscheit nach dem andern in die Flamme des Kamins, die an den weißgetünchten Wänden über seit lang zur Ruh gestellte Waffen und über das Bildnis eines längst begrabenen Weibes ihre roten Lichter spielen ließ. Nur unten in der großen Gesindestube, von wo kein Laut hinaufdrang, ging es bei süßem Brei und Braten laut und lustig her; von dem vornehmen Bräutigam freilich war nicht viel die Rede: die Jüngeren entsannen sich seiner kaum; war er doch fast fremd geworden in der Heimat.

– Bei seiner Rückkehr mochte Junker Hinrich nicht eben nach des Vaters Wunsch berichtet haben: den Bräutigam hatte er meist nur inmitten der neuen Sippschaft oder sonstiger großer Grundherren angetroffen, am Festesabend auch wohl mit einzelnen Offizieren des Königs, die man dort nicht hatte auslassen wollen oder können; dem Vater und den Dingen von zu Hause hatte derselbe obenhin nur nachgefragt; die geschminkten Angesichter aber der trotz aller Not des Landes mit güldenen Floren, Ringen und Kettlein übermäßig aufgeputzten Tänzerinnen hatten es dem Junker nicht abgewinnen können; die Braut gar, an deren hochgepufftem Haar der zyprische Puder die natürliche Fuchsfarbe nicht hatte verbergen können, war ihm - er sprach das nur zu sich selber - wie eine angestrichene Jesabel vorgekommen. Freilich war er, da eben die Geiger eine neue französische Gavotte angestrichen, gar von ihr selbst zum Tanz gefordert worden; aber nach ein paar Gängen hatten ihre schmalen Lippen sich verzogen: »Ihr verstehet sicherlich die alten Tänze besser!« Und damit hatte sie ihn frostig angeschaut und seine Arme wieder fahren lassen.

– Daheim, und schon am andern Vormittage, glückte es dem Junker Hinrich besser. Im Turmhaus über der Heide, wo man noch nicht von seiner Rückkunft wußte, fand er die Türen unverschlossen; nur des gelähmten Mannes Husten zitterte vom Oberbau herab, da er unten in des Jägers Zimmer trat. Noch eine Weile stand er einsam: dann hing ein jugendlicher Leib in seinen Armen; ein blonder Kopf, ein schönes Antlitz drängte sich mit geschlossenen Augen gegen seine Brust.

»Du zitterst, Bärbe!« sprach er.

»Ja, weil du wieder da bist, Hinrich!« und sie schloß noch fester ihre Hände um des Mannes Nacken.

Wie ehrfürchtig vor der jungfräulichen Schönheit strich seine Hand über ihre Wange, über ihr seidenweiches Haar. Dann überkam's ihn wie ein Übermut des Glückes, und er erzählte von seinem Reiseabenteuer, von den alamodisch aufgeputzten Frauenzimmern und wie übel ihm der neue Tanz bekommen sei; und da sie lachte, sprach er neckend: »Was meinst du, Liebste, wenn wir beide erst unter all den zieren Puppen tanzen?«

Aber sie schlug die Augen angstvoll zu ihm auf: »Nein, nein; was sagst du, Hinrich?«

Er sah sie lang und zärtlich an: »Nichts, Bärbe; aber ich halte dich; du darfst dich nicht so fürchten!«

Da scholl der Anschlag großer Hunde aus dem Walde; Owe Heikens kam mit seinem Knechte wieder heim. Aber das Gemach war leer, als er hineintrat, und nur die Hunde gingen spürend darin hin und wider.

Am Sonntage danach war, wie immer, das schwere herrschaftliche Fuhrwerk mit den roten Rädern an der Kirche aufgefahren; die Rappen standen angebunden an den Eisenringen der Kapellenmauer. Drinnen hielt der Pastor eine scharfe Predigt wider die Schwarmgeister und Wiedertäufer, die drüben in der Stadt aufs neue ihr Unwerk auszubreiten suchten; er schien sie gar leibhaftig vor sich zu haben, denn er riß das schwarze Käppchen von seinem grauen Haupt und dräuete damit in die volle Kirche hinunter. Der alte Herr von Grieshuus in seinem Patronatsstuhl droben, vor dem Altar nickte eifrig seinem Pastor zu; die Bauern aber saßen mit schläfrigen Gesichtern; was kümmerten sie alle Schwarmgeister? Die Schatzung und das fremde Kriegsvolk saßen ihnen fühlbarer auf dem Nacken. Selbst für den stattlichen Junker an des Vaters Seite schien dieses Kanzelfeuer ganz verloren; seine Augen gingen immer wieder nach einem der Gestühle unten, bis es wie Nebel ihm

zerrann oder bis aus blauen Augen ein scheuer Blick zu ihm hin-
überflog.

Als endlich am Schluß des Gottesdienstes der Pastor vor dem Altar die Kollekte verlesen und die Gemeinde ihr Amen respondiert
hatte, blieb noch alles in den Kirchenständen, während die Herrschaft in die Kirche hinab- und zwischen denselben dem Ausgange
zuschritt. Der alte Herr aber ließ diesmal seinen Junker vor sich
hergehen und streifte mit einem finsteren Blick das blonde Mädchen, das an der Seite seines alten Jägers sich von ihrem Sitz erhoben hatte.

Draußen in seinem Wagen hieß er den Fuhrknecht warten, bis der
Pastor aus der Kirche trat; dann winkte er diesen heran und drückte
ihm die Hand, und die Leute, welche jetzt, der Abfahrt ihrer Herrschaft harrend, zwischen den Gräbern umherstanden, hörten ihn
dabei sagen: »Hol der Teufel alle Rottengeister, Pastor! Aber komm
Er auf den Nachmittag zu mir; ein guter Trunk ist etwan auch noch
in dem Keller!«

– Zu Grieshuus warf am Nachmittage die Wintersonne ihre
schrägen Strahlen durch das Fenster über dem Hauptportale, während drinnen im Kamin die großen Scheite loderten. Aber der
Hausherr war noch allein; das sonst bleiche Antlitz des alten Junkers war gerötet; mit aufgestützter Faust stand er an dem breiten
Eichentisch, von dem es hieß, er sei einst mit dem Hause hier hin-
eingebaut, und die freie Hand fuhr unruhig über das kurzgeschore-
ne Haupthaar. Auf dem Tische neben einem halbgefüllten Glase lag
ein grobgedrucktes Blatt; es war die königliche Konstitution »von
dem Amte und der Potestät der Kirchen wider die Unbußfertigen«,
welche unlängst auch in dem herzoglichen Teile publiziert war. Der
Kirchenbann, der bis zur Sühne von dem Abendmahl und von dem
Platz in der Gemeinde ausschloß, war längst zwar eingeführt; aber
das neuere Gesetz gab nähere Vorschrift über den Vollzug und wie
dadurch die Lücken der weltlichen Gerechtigkeit zu füllen seien.

Der Junker hatte vorhin das Blatt aus der Hand gelegt; jetzt griff
er wiederum danach; er schien zu grübeln, wie er es in seinem
Dienst verwenden könne.

Schon mehrmals hatte es von draußen an der Tür gepocht, ohne
daß ein Ruf darauf erfolgt war; jetzt wurde sie gleichwohl geöffnet,

und der Gutsherr fuhr aus seinem Sinnen auf: »Er ist es, Pastor? Gut, daß Er gekommen ist.«

Nachdem derselbe dann ein zweites Glas gefüllt und der Pastor ihm daraus Bescheid getan hatte, schritt letzterer zu einem kleinen Tische an dem Mittelfenster, schüttete aus einem Kästchen die in Buchs geschnitzten Figuren eines Schachspiels und stellte sie auf die in die Tischplatte eingelegten Felder, ein schweigend übernommenes Amt, das er bei seinen Besuchen stets zu üben pflegte.

Auch heute ließ der Hausherr ihn gewähren, und bald saßen beide sich gegenüber: der geistliche Herr im schwarzen Talar, das gleichfarbige Käppchen auf dem dünnen Haare, das an den hageren Schläfen niederhing; der andre im bequemen Hauskleid, das er oft zur Seite schlug, als ob es ihn beklemme; der Wein stand neben ihnen, und der Junker stürzte oft sein Glas hinunter. Aber sein Spiel war nicht wie sonst, wo er nach kurzer Weile dem Pastor ein »Viktoria!« zuzurufen pflegte; heut hatte er schon mehrmals auf bescheidene Erinnerung desselben seinen Zug zurückgenommen; aber immer wieder schob er Bauern und Offiziere unachtlich über die Felder und faßte sie, als ob er sie zerbrechen möchte.

»Mein Herr Patron«, sagte der Pastor, »wälzt wichtigere Dinge in Gedanken; Eure Dame steht abermals im Schach!«

Da schob der Junker das Tischlein von sich, daß die Figuren durcheinanderstürzten. »Das Spiel ein andermal! Ich hab mit Ihm zu reden, Pastor!«

Er war aufgestanden, und bald wanderten beide im Zwiegespräche auf und ab. Der Geistliche hatte mehr und mehr das Haupt erhoben, seine Antworten wurden kurz und sparsam; sicher und bedächtig schritt er an der Seite des immer lauter redenden Patrons. »Und seh Er es nicht an«, rief dieser, »wes Standes und Geschlechts der Sünder sei! Bete Er, wie vorgeschrieben, von der Kanzel über ihm und kündige ihm dann Bann und Gottes Zorn vor sitzender Gemeinde!«

»Ihr vergesset«, sprach der andre, »daß auch, so Euer Sohn der Sünder wäre, die Ladung durch den Küster und die Vermahnung in Gegenwart der Kirchenvorsteher vorangehen müßte, was Euch wohl kaum anstehen dürfte.«

»Ei was! Vermahnet hab ich selber!« rief der Herr von Grieshuus; »wenn's der Patron tut, braucht es nicht der Bauerntölpel!« Und als von der andern Seite keine Antwort darauf erfolgte, fügte er hinzu: »Ich weiß ja, Er versteht's; mach Er's nur, wie um letzte Ostern der Magister in der Stadt! Es war dort auch ein Bube, der gegen den Vater seine Faust gehoben hatte.«

Da sagte der Priester: »Das hat Junker Hinrich nimmermehr getan!«

Aber der Hausherr schrie: »Gegen alle seine Väter hat er die Faust gehoben; aber die unten in den Särgen liegen, können's nicht; darum muß ich ihr Recht verwahren!«

»Tuet es!« sagte der Pastor; »ich kann es Euch nicht verwehren.«

Der Edelmann hatte seinen Krückstock aus der Ecke gerissen und stieß damit heftig auf den Boden. »Verwehren, sagt Er? Er soll mir helfen, Pastor, wie es gegen Patron und Kirche Seine gottverfluchte Schuldigkeit!«

Der Redende war so laut geworden, daß im Unterhause das Gesinde auf den Schwellen stand; die naskluge Binnermagd hatte sich schon vordem hinaufgeschlichen und lag mit dem Ohr am Schlüsselloch.

Der geistliche Herr mochte auf jene Worte seines Patrones nur das Haupt geschüttelt haben; denn dieser hub aufs neue an: »Er wird's gar nicht verstanden haben, Pastor: zu seinem Ehgemahl will er das Weibsbild machen! Gleich nach der Kirchen, heut am Vormittage, da, wo Er itzo steht, hat mir der Junker von Grieshuus das ins Gesicht geworfen!«

»Das sieht ihm gleich«, sagte der Pastor; »Euer Sohn ist weder ein Gotteslästerer noch ein Jungfernschänder.«

Ein zornig Lachen entfuhr dem alten Herrn: »Ein Jungfernschänder? – Er ist kein Edelmann; Er versteht's nicht, Pastor: ein ganz Geschlecht von makellosen Rittern will er schänden!«

Da frug der geistliche Herr fast leise, daß es des Edelmannes Ohr nur kaum erreichte: »Hat unser Herr Martinus solches auch verschuldet, da er des Ritters Tochter in seine Kammer brachte?«

Aber der Junker schrie: »Laß Er mir den Martinus aus dem Spiel und red Er, ob man auf Ihn rechnen kann! Bedenk Er auch, der Sünder möchte so die leichteste Buße tragen!«

Fast drohend hatte er diese letzten Worte ausgestoßen; doch der Pastor antwortete: »Wider eine christliche Ehe hat die Kirche keine Buße; das andre aber ist meines gnädigen Herrn Patrones Sache, in welche ich nicht hineinzureden habe.«

Als diese Worte von dem Ohr der horchenden Dirne aufgefangen waren, hatten die Schritte drinnen sich der Tür genähert, und sie war eilig die Treppe, die sie hinaufgeschlichen, wieder hinabgeflogen. Bald auch wurde im Unterhause von droben auf dem Vorplatze der Kratzfuß und Empfehl des Pastors hörbar; die Dirne aber sah noch aus dem Seitenflügel, wie droben der alte Herr das eine Fenster aufstieß und mit braunrotem Angesicht dem Pastor nachschaute, der mit hastig spitzen Schritten über die Stapfsteine durch den schlammigen Hof hinausschritt.

– »Ja, und die Beine zitterten ihm«, erzählte sie abends in der Gesindestube, »ein paarmal trat er nebenweg, daß ihm der Unflat um die schwarzen Strümpfe spritzte.«

Die andern lachten; nur Hans Christoph, der mit dem lohbraunen Hassan am Kachelofen saß, hieß sie ihr allzu loses Maul in Obacht nehmen; aber sie fand zu guten Rückhalt hier, denn der Fuhrknecht und die übrigen Dirnen wollten wissen, was droben in der Herrenstube abgehandelt worden. Da hob sie ihre Stumpfnase und rief: »Hör nur zu, Hans Christoph; du kannst's für deinen Junker profitieren!« Und als die andern drängten: »Nur frisch und schütt den Eimer aus!«, setzte sie sich bedachtsam dem langen Fuhrknecht auf den Schoß und sagte: »Geduld! Erst als der Junker sich in Blust geredet, hab ich's verstehen können!«

Doch als sie endlich vollends ausgeschüttet hatte und ihre blanken Augen in die Runde laufen ließ, harrte sie umsonst des dankbaren Geplauders, das sie nach solchem Anlaß einzuheimsen pflegte. Hans Christoph streichelte schweigend den breiten Hundenacken; die Dirnen mochten des schmucken Junkers denken, und weshalb sein Auge nicht eben wohl auf sie gefallen sei; nur der Fuhrknecht, nachdem er eine Weile mit dem Finger in seiner Nase auf und ab gefahren war, sagte nachdenklich: »Darum denn auch! Da der Herr mich vorhin rufen ließ, bewahre mich der Heiland! Ich dacht, er wollte mich zum Pferdejungen degradieren; und war doch nur, daß ich morgen den alten Landgerichtsnotar von drüben aus der Stadt bestellen sollte.«

»Den Landgerichtsnotar? Soll der auch predigen?« rief die Dirne. Aber in demselben Augenblicke ließ sie sich von seinen Knien gleiten, denn die dicke Ausgeberin Greth-Lise war eingetreten, und es wurde ganz stille; der Fuhrknecht zog ein versiegeltes Schreiben aus der Tasche, betrachtete die Aufschrift, als ob er sie lesen könne, und steckte es dann bedächtig wieder ein.

Als die Schlehen blühten, ist einmal wieder Friede geschlossen worden; auf und ab im Lande läuteten die Glocken, und das Gemenge fremder Völker verlor sich allgemach. Auch von der kleinen Dorfkirche unterhalb Grieshuus scholl das Geläute; aber eines Nachmittages, da es auf den andern Türmen schwieg, begann es abermals. Nicht dem kurzen Frieden galt es, den mit unfriedlichem Herzen die Menschen in falsche Worte faßten; es galt dem, den kein Streiter noch gebrochen hat.

Von Grieshuus herunter kam ein Leichenzug; auf dem Deckel des Sarges hatte der kunstreiche Schmied des Dorfes das Wappen in Kupfer ausgeschlagen, denn der alte Herr von Grieshuus lag darunter. In dem offenen Wagen, der dann folgte, saßen die beiden Brüder, der Junker Hinrich und der herzogliche Rat; aber der letztere hatte es eilig; zu Gottorf gab es itzt überviel zu schlichten und zu richten; und während sie in dem Gruftgewölbe an des Vaters Sarg das letzte Amen sprachen, hielt drüben vor dem Kruge schon der Reitknecht sein und seines Herrn Pferd am Zügel.

Wie beim Verlöbnistanz zu Kiel, so waren auch heute zwischen den Brüdern der Worte wenige gewesen; nur als dann auf dem Kirchhofe der jüngere sich verabschiedete, sprach er, wie beiläufig, zu dem andern: »Du weißt, des Vaters Testament ist jüngsthin auf dem Landgerichte hinterlegt worden?«

Herr Hinrich aber stutzte: »Ein Testament? Wozu denn das? Mir ist nichts kund geworden.«

Der herzogliche Rat hatte flüchtig seine Hand gestreift. »So will ich sorgen, daß terminus zur Publikation alsbald hier anberaumet werde.«

Dann schritt er auf dem Steig dem Kruge zu und ritt mit seinem Knecht davon.

In unruhigem Brüten war der Bruder stehengeblieben, während unter dem wiederbeginnenden Läuten ein zweiter schlichter Sarg herzugetragen wurde; nur der alte Jäger Owe Heikens und ein weinendes Mädchen gingen hinterher. Aber die Leute auf dem Kirchhofe drängten sich auch zu dieser offenen Gruft; auch den der Tod in diese Lade hingestreckt hatte, lockte es, sie begraben zu helfen. Und auch über ihn sprach der Pastor: »Und zur Erde sollst du wieder werden!« Als aber, da der schwere Schaufelwurf vom Sarge widerdröhnte, mit selbigem ein heller Wehlaut von der Gruft erscholl, da drängte sich die hohe Gestalt des Junkers Hinrich durch die Menge, und als sodann auch hier das letzte Vaterunser war gesprochen worden, nahm er vor aller Angesicht die Tochter des Begrabenen an seine Brust und hielt sie so unbeweglich, bis er den Pastor schon drunten auf dem Wege nach seinem Hause zuschreiten sah. »Komm!« sprach er leise zu dem schönen Mädchen, daß nur neben ihm ein altes Weib es hörte, die schier verwirrt zu ihm emporsah; und als ob jedes von ihnen wußte, daß sie beide eines Sinnes seien, folgten sie Hand in Hand dem geistlichen Herrn in sein Haus. Da sprach der Junker: »Ehrwürden, wir bitten, verlobet uns einander, daß diese hier an meinem Herzen ihre Heimat habe!«

Und die Hände des alten Priesters legten zitternd sich auf ihre Häupter.

Drüben von dem Kirchhof aber schritt Owe Heikens, mehr als einmal mit dem Kopfe schüttelnd, seinem Hause an den Eichen zu.

Die schon anberaumte Hochzeit des Junkers Detlev, welche durch die letzte Kriegszeit wider allen Brauch verzögert war wurde durch das Trauerjahr aufs neue hinausgerückt; anders bei dem älteren Bruder: hier hatte der Tod zu raschem Ehebündnis getrieben.

Hinter den Eichen von Grieshuus, noch oberhalb der Niederung des Flusses, war in einem Lindenkranz ein Meierhof gelegen; einst

zu einem später niedergelegten Gut gehörig und aus diesem einer
Base von des Junkers Mutter zugekommen, war er von letzterer in
ihrem Testamente diesem als ihrem Patenkinde zugeschrieben.
Bisher hatte ein Pächter darauf gesessen; aber die Pacht war mit
dem Herbste abgelaufen; seit Monaten wirtschaftete Hans Christoph dort, den noch der alte Herr zu dem Behuf dem Sohne überlassen hatte.

In dieses Haus war Junker Hinrich mit seinem jungen Weibe eingezogen. »Trete nur fest auf!« hatte er zu ihr gesprochen, da er nach
der Trauung sie vom Wagen hob; »das hier ist mein; und nun -
durch Gottes Gnade - unser!«

Noch heute, in des Erzählers Tagen, zeigt man in jener Gegend
auf einem Vorsprung eine alte Linde, die trotz des völlig ausgehöhl-
ten Stammes noch eine mächtige Krone in den Lüften wiegt; hier
habe man derzeit die beiden schönen Menschen oftmals stehen
sehen, wie sie Hand in Hand über das weite Flußtal hinausschau-
ten, während der Sommerwind in ihren blonden Haaren wehte;
auch abends wohl, dem Schrei der wilden Schwäne horchend, die
im Sternenschein dem Wasser zuflogen.

– Zu Anfang im Augustmonat nach der Hochzeit war es, als Junker Hinrich zur Testamentseröffnung nach Grieshuus hinüberritt. In
dem großen, seit Jahren unbenutzten Saale, oben in einem Vorsprung nach der Dorfseite, traf er nur den Landgerichtsnotar und
dessen Schreiber; vergebens suchten seine Augen nach dem Bruder.
Statt dessen war ein schwarzer Herr mit gepuderter Perücke hereingetreten: Der herzogliche Rat sei, ihm zuleide, durch häufende
Geschäfte abgehalten; und hatte sodann eine in aller Form Rechtens
auf ihn ausgestellte Vollmacht auf dem Tische vor den Gerichtsper-
sonen ausgebreitet.

Der Herr war einer von des Rats Unterbeamten, und die Forma-
lien wurden für richtig angenommen. Danach wurden im Beisein
der so Beteiligten die Siegel gelöst und das Testament verlesen. »Im
Namen der Heiligen Dreifaltigkeit« begann der alte Notarius, und
der Junker stand wie gebannt, die Faust um eines Sessels Lehne,
und horchte atemlos; bald aber, da die lange Eingangsformel abge-
lesen war, schoß ihm das Blut zu Häupten, er riß von seiner Brust
das Wams zurück, und der schwere Stuhl klappte auf den Boden,

daß es in dem weiten Raume widerhallte. Er hatte gehört, was zuvor nur wie ein Fieber ihm durchs Hirn geschossen war: an Geld und Gut zwar kürzte ihn des Vaters Wille kaum, aber Grieshuus, das Stammhaus, war dem jüngeren Bruder zugeschrieben. Der Vorleser hatte innegehalten; er begann aufs neue und brachte es zu Ende. Dann wurde das vom Schreiber geführte Protokoll vollzogen, das die gesetzlich geschehene Publikation beurkunden sollte; auch Junker Hinrich trat heran und unterschrieb, doch mit dem Zusatz: »Unter Vorbehalte meines arg verletzten Rechtes.«

Als er sich schon entfernen wollte, trat der schwarze Herr noch einmal auf ihn zu und überreichte ihm ein versiegelt Schriftstück: »Ich hab Euch zu ersuchen, daß Ihr von diesem Briefe Eures Herrn Bruders noch hier, in diesem Räume, Kenntnis nehmen möget!«

Die feste Hand des Junkers bebte, als er das Siegel aufriß; aber schon flogen seine Augen über die Schrift des Bruders:

»Den mir zuvor bekannten letzten Willen unsers Vaters«, so lautete der Inhalt, »habe ich, auch so ich es gekonnt hätte, aus gutem Grund nicht hindern wollen, obschon selbiger nicht nur deinen, sondern gleichermaßen meinen Wünschen widersteht; denn jeder hat itzt, was dem andern dienen würde. So du also, nachdem dir solches kund geworden, in Erkenntnis deiner Pflicht gesonnen wärest, dich des geringen Mädchens zu entledigen, so daß ich unsers Hauses Ehre ungefährdet wüßte, dann komme in den nächsten Wochen zu mir auf Schloß Gottorf, und wir werden unsers Erbes Tausch mit Glimpf vollziehen können. Solltest du aber, wovon ein Hall zu mir gedrungen, in teuflischer Verblendung bereits den Ehebund mit jenem Weibe eingegangen sein, so werd ich dir die Wege weisen, dich ihrer dennoch abzutun, und soll zu solchem dir meine brüderliche Hilfe nicht entstehen.«

Der andre stand noch immer vor dem Junker, der auf das Schriftstück starrte, als ob er mit den Augen es durchbohren müßte. »Wollet mir Urlaub gaben«, sprach er; »was Antwort soll ich Eurem Bruder melden?«

Herr Hinrich schien ihn nicht zu hören.

Und wieder nach einer Weile: »Meine Zeit ist kurz«, begann er; »darf ich um Eure Antwort bitten?« Da fuhr der Junker auf: »Hier ist sie!« schrie er und warf den Brief in Fetzen unter seine Füße. »Ihr aber, so Ihr wußtet, was Ihr mir gebracht, so seid Ihr einen Schurkenweg gegangen!«

Und mit starken Schritten ging er aus dem Saale und war schon drunten aus dem Haustor, als des andern Hand nach seinem Schwerte fuhr.

Aber der Rappe mußte es fühlen, was auf dem Rückweg in dem Reiter tobte; und als Herr Hinrich vor seinem Hause aus dem Sattel sprang, da drohte ihm Frau Bärbe mit dem Finger:

»Das arme Tier! Hattst du denn solche Unrast, zu deinem Weibe wieder heimzukommen?« Er aber legte schweigend seinen Arm um ihre Hüfte und führte sie ins Haus zurück; und als er eine Weile finster dagesessen, berichtete er nur eines, daß ihm Grieshuus im Testamente abgesprochen sei. »Aber ich will mein Recht, und sollt ich wider meinen toten Vater streiten!« Und als die Augen seines Weibes voll Sorge zu ihm aufsahen, rief er: »Du sollst hier nicht in dieser Bauernkate sitzen!«

Ihre Hand strich sanft an seine Wange: »Tu, was du mußt, Hinrich; nur nicht in Zorn und nicht um meinethalben!« Dann zog sie ihn hinaus ins Freie, wo schon das Abendrot am Himmel stand; und sie gingen in die Niederung durch ihre Felder, wo der Erntesegen in goldenen Ähren wogte. Aus einem Seitenwege kam Hans Christoph zu ihnen, zog seinen Hut und sprach: »So Ihr es meinet, Herr, ich denke, wir müßten bald ans Schneiden gehen!«

– Und wieder nach einigen Tagen, als sie bei all dem Segen, der nun in ihre Scheuer eingefahren wurde, ihren Eheherrn so ohne Freud und ohne Worte zwischen den Leuten umherstehen sah, die Augen nach den mächtigen Wäldern von Grieshuus, die in der Ferne wie ein Gebirge lagen, da sprach Frau Bärbe, seine Hand ergreifend: »Sind das die Flitterwochen, Hinrich?« und da er zärtlich zu ihr niederblickte, zog sie ihn in das Gärtchen, das hinter der Scheuer war. »Ich weiß wohl, was du sinnest«, sprach sie; »aber bedenke es wohl! Da du mich freitest, tatst du wider deinen Vater; du wolltest minder, als er für dich wollte; tu nun nach seinem Willen, daß du in dem andern dich begnügest!« Doch da sie sah, daß seine Augen noch immer wie im Grolle dicht beisammenstanden, sprach sie beklommen: »Du hast zu hohen Preis für mich gezahlt.«

Da hob er sie mit beiden Armen auf und preßte sie wie ein Kind an seine Brust: »Nein, nein; laß fahren, Bärbe! Ich zahlte für mein Leben; weh dem, der das mir anzutasten waget!«

Es fraß doch weiter in ihm. - Und Herbst und Winter war es geworden, und die Erbteilung war noch immer nicht geschehen. Soviel war zwischen den Brüdern festgesetzt: der Stammhof wurde bis auf weiteres von dem früheren Pächter des Meierhofs verwaltet; aber jeder von beiden betrachtete sich als dessen Herrn. Da an einem Sonnabend, als in den Bauergärten das erste Grün der Stachelbeeren vorbrach, hieß es, die Braut des herzoglichen Rates und deren Mutter seien mit demselben auf dem Herrenhofe angelangt; die Braut habe, ehe sie den Mann nehme, sich Land und Sand besehen wollen.

Und am Sonntagvormittag war die Kirche voll, und die Weiber und die Dirnen hatten ihre besten Käppchen auf; nur droben im großen Patronatsstuhle war noch niemand, wie nun seit lange schon; denn der Wohnplatz des jungen Ehepaares gehörte zu einem andern Kirchspiel, und Junker Hinrich und sein Weib hatten seit seines Vaters Tode die Kirche hier nicht mehr betreten. Als aber der Pastor, nachdem die Gemeinde einen deutschen Psalm gesungen, vor dem Altar stand und eben das Kyrie eleison angestimmt hatte, ging eine Unruhe durch die Kirchenstände, Weiber und Männer stießen sich an und raunten ein flüchtig Wort mitsammen; auch der Pastor hatte einen Wagen auf den Kirchhof fahren hören; aber es war der schwere Gutswagen nicht, und gleichwohl klang es von den Mauerringen, als würden Pferde daran festgebunden.

Da wurde die Kirchtür aufgestoßen. »Sie kommen!« flüsterten die Dirnen und drehten ihre Hälse nach dem Steige. Aber die Erwarteten waren es nicht, obwohl es schon des Umsehens wert war; denn der Junker Hinrich mit seinem blonden Weibe schritt langsam durch die Kirche. Sie trug freilich nur ein schlicht Gewand; doch wurde ihr Haar, wie es derzeit dem Adel nur gestattet war, von einer goldenen Klammer gehalten, daß es in drei schimmernden Strähnen niederfloß; aber sie drückte sich an den hohen Mann, als ob sie Schutz bedürfe, und als beide die Treppe zum Emporium hinaufgestiegen waren, sahen es die Frauen, daß sie gesegneten Leibes sei.

Von droben blickte der Junker fast wie zornig in die Kirche hinab. »Dominus vobiscum« sang der Pastor und wandte sich dann zum Altar.

Und wieder drehten in der Gemeinde sich die Köpfe abwärts nach dem Eingang: ein zweiter, aber schwerer Wagen fuhr draußen vor der Kirchtür auf; Peitschenklatschen, ein Fluch des Fuhrknechts war hereingedrungen, und während der Pastor die Kollekte las, war aufs neue die Kirchtür aufgestoßen. Es wurde totenstill: der herzogliche Rat mit ein paar hohen, stolzen Frauen, denen eine Kammerzofe folgte, war in den Mittelsteig getreten.

Der Junker Hinrich hatte im Kieler Rathause doch wohl fehlgesehen; denn die jüngere der Frauen erschien gar stattlich, aber sie blickte kalt und strenge um sich. Als sie weiter vorgegangen waren und der Bräutigam nach dem Patronatsstuhl aufsah, stutzte er und hielt die Frauen an seinem Arm zurück. Die Augen der Brüder hatten sich gefaßt, und eine Weile standen sie wie still ineinander; der blonde Frauenkopf da oben war totenbleich geworden.

»Es ist besetzt«, sagte der da unten; »aber ich werde uns Platz zu schaffen wissen.« Und da der Pastor ausgelesen hatte, tönten diese Worte durch die ganze Kirche.

Hätten die Augen des Junkers Hinrich töten können, der Sprecher wäre lebendig nicht vom Platz gekommen; mit einem Aufschrei griff Frau Bärbe nach ihres Mannes Hand, die ihm eiskalt auf seinen Knien lag.

Aber der herzogliche Rat schritt mit den Frauen aus der Kirche; man hörte den Wagen fortfahren, und ohne Störung ging der Gottesdienst zu Ende.

Es war am 24. Januar spät am Nachmittage. Junker Hinrich war in der Stadt gewesen, wo er mit dem Magistrat zu tun gehabt hatte; denn die alte Base seines Weibes war gestorben und hatte dieses als ihre Erbin eingesetzt. Behaglich ritt er durch das Heidetal, dann durch den Wald; aber vor seiner Haustür sprangen zwei Mägde ihm entgegen: »Ach, Herr! Ach, Junker Hinrich, Euer Weib!«

Und als er in die Kammer hinter dem Wohngemach getreten war, sah er sein Weib im Bette liegen; ein Unschlittlicht brannte auf dem Tische; aber er erkannte sie fast nicht. Die Hebamme des Dorfes war um sie; sie stand über einer Wiege, aus der das Winseln eines neugeborenen Kindes drang. »Was ist das hier?« sprach er; »der Erbe von Grieshuus sollte in zwei Monden erst geboren werden!«

»Es ist kein Erbe, nur eine Tochter«, sagte die Hebamme.

Aber eine der Dirnen war ihm in die Kammer nachgeschlichen. »Ein Bote ist dagewesen«, sagte sie; »vom Landgerichte, heut am Vormittag!« -»Was hat denn der gewollt?«

»Weiß nicht, er frug nach Euch; da hab ich zu der Frau ihn hingewiesen.«

»Bärbe!« sagte der Junker leise, und auf der Bettkante sitzend, strich er seinem Weibe die feuchten Haare von den Schläfen.

»Ja!« – Wie ein Hauch kam es, und wie aus einer fernen Welt hob sich das junge durchsichtige Antlitz aus dem Kissen auf. »Bist du es, Hinrich?« - Und sie streckte heftig ihre beiden Hände um seinen Hals und schrie, als ob Entsetzen sie befalle: »Nein, nicht von dir; nicht von dir! Oh - lieber sterben!« Dann ließ sie los und sank mit geschlossenen Augen in die Kissen.

Der Junker war an der Bettstatt hingestürzt: »Nein, nicht von mir, nie, nie! – Hör es, hör es doch; nie von mir, solange wir beide leben!«

Aber sie lag wie eine Tote.

Da besann er sich: »Der Bote muß was gebracht haben«, sprach er; »holet es mir!«

Und die dumme Dirne, die an der Tür stand und mit der Faust die Tränen von den Augen wischte, lief in das Wohngemach und brachte ihm etliche Schriftstücke und eine aufgerissene Hülse.

»Seh Sie nach meinem Weibe!« sagte er zu der Frau; dann las er; und nach einer Weile laut und immer lauter: »Dann Anno 1655 ist gen. Vater mit der Barbara in das Gut gezogen, hat aber verabsäumet, sich seine Freiheit von dem Grundherrn legaliter verbriefen zu lassen, und sind demnach die zwei Genannten, wie durch Urtelspruch des Landgerichts mehrfach schon bestätiget, desselben Eigene worden. Die Ehe des Beklagten mit selbiger Leibeigenen ist eine nichtige, da sie ohne des klägerischen per testamentum Eigentümers consensus ist geschlossen worden.«

»Der Teufel ist dein Leibeigener!« schrie der Junker und warf die Klageschrift des Bruders von sich.

Aber die Hebamme legte die Hand auf seinen Arm: »Herr, Euer Weib!«

»Ja, ja; und das hat sie gelesen! Er wußte es, wo sie zu treffen war.« Und er neigte sich zu ihr; und da er ihre Hand ergriff, war sie fast kalt, und das Gesicht verwandelte sich seltsam.

»Was ist das?« frug er.

»Ich weiß nicht, Herr. Holt einen Arzt!«

»Bärbe, Bärbe, geh nicht von mir, bis ich wiederkomme!«

Und schon war er zur Tür hinaus. »Hans Christoph!« rief er; »Hans Christoph!«

Aber die Dirne war ihm nachgelaufen: »Was denkt Ihr, Herr! Er ist zum Schmied hinunter mit den Sensen.«

Da warf er sich selbst auf seinen Rappen, und mit todblassem Angesicht flog er durch die Eichen von Grieshuus hinüber nach der Stadt.

– Ein paar Stunden war es weiter; der Mond war aufgegangen und stand zu Osten über der Heidemulde. Kein Tierlaut regte sich; die Vögel lagen im Kraut auf ihren Nestern; nur die hochaufgeschossene stille Dirne aus der Besenbinderkate vom Ende des Dorfes hatte sich verspätet; eifrig schnitt sie mit ihrem kurzen Messer die Heide ab und legte sie zu Haufen. Da galoppierte ein Reiter an ihr vorbei. »Heida!« Aber sie hatte ihn erkannt; es war der Reitknecht des herzoglichen Rates, der nach Grieshuus hinüberritt. »Was wollte der?« Und sie band sich ihr Tuch fester um das Kinn; denn aus Westen kam ein Wind vom Meer herauf.

Sie ging weiter nach Osten hinauf, denn da war die Heide länger, und lag eben unter ein paar Birken, als ein Geräusch von Grieshuus her sie aufsehen machte. Und wieder kam der Hufschlag eines Pferdes, ein Reiter, der wie rasend durch die Heide auf sie zu ritt.

Aber er war vorbeigeritten, und da eine Wolke vor den Mond fuhr, hatte sie ihn nicht erkannt. Sie schüttelte den Kopf und sah ihm nach. Und zum dritten Male, ihm entgegen - was war denn das? Sie hatte kaum jemals hier was reiten sehen - kam abermals ein Pferd; aber langsamer, fast war's, als würde es zurückgehalten.

Sie ließ die geschnittene Heide liegen und kroch auf Händen und Füßen näher heran. Aber es war zu weit; sie stieg an der Ostseite hinan, bis sie oben unter den Bäumen entlanglief; jetzt hörte sie die Pferde stoppen, laute zornige Worte, die sie nicht verstehen konnte; dann war's, als ob die Reiter von den Pferden auf den Boden sprangen.

Es mußte ihr gegenüber sein, und sie trat aus den Bäumen und sah hinab; aber der Mond lag noch hinter Wolken; ein Gewühl war drunten, sie konnte nichts erkennen. »Mein Leben! Mein Leben!« schrie eine Stimme. »Sie stirbt; ich will dafür das deine!«

Die Dirne reckte den Hals: »Das war Junker Hinrichs Stimme!« Da flogen die Wolken von dem Mond; blauhell lag es drunten, und sie erkannte deutlich den grauen Runenstein am Wassertümpel. Zwei gesattelte leere Rosse standen unweit in dem Kraute, ein braunes und ein schwarzes, das wiehernd in die Nacht hinausrief. Daneben sah sie zwei Brüder grimmig miteinander ringen. Sie stand wie angeschmiedet; dann war's, als ob ein Eisenblitz herauf- zuckte, und ein Entsetzen jagte sie von dannen; aber sie entrann nicht: ein gellender Schrei, der über die Heide fuhr, hatte sie einge- holt. Noch einmal stand sie, beide Hände an die Ohren gepreßt, zwischen den Bäumen; dann lief sie ohne Aufenthalt dem Dorfe zu. Voll Entsetzen, in Schweiß gebadet, ihr kurzes Messer in der Hand, kam sie nach Hause.

»He, Matten«, rief die Frau des Besenbinders, »was ist? Wie siehst du aus? Hat sich schon wieder was gemeldet?« Denn das Kind war damit angetan, daß sie Unheil voraussah, das noch geschehen sollte.

Aber Matten schwieg; die Mutter auch; denn man soll nicht da- von reden, bis der Vorspuk ausgekommen ist.

Doch schon am Nachmittage danach sprach das Weib, die eben aus dem Dorf heraufgekommen war, zu ihrer Tochter: »Red nur!

Drunten in dem Heidloch haben sie den herzoglichen Rat erschlagen! Es schadt uns nichts; nun ist der Junker Hinrich unser Herr!«

– Aber wo war der Junker Hinrich? - In der Nacht sollte einer bei dem Pastor angepocht haben; er sollte es gewesen sein; aber der Pastor hat davon nichts wissen wollen; dann hat man nimmermehr von ihm gehört. Auf dem Meierhofe lag ein schönes, aber totes Weib, neben ihr ein Siebenmonatskind, ein Mädchen, in der Wiege. So stand es um die Erben von Grieshuus.

Zweites Buch

Das siebenzehnte Jahrhundert war vorüber;'es saßen andre Leute auf Grieshuus.

Viele Jahre hindurch war niemand dort gewesen als ein gerichtlicher Verwalter, denn man wußte nicht, wem das Gut gehörte, ob dem Abwesenden, der jeden Tag sich wieder einstellen könne, ob dessen Tochter, einem schwachen Mädchen mit blaugeäderten Schläfen und dünnem blondem Haupthaar, das zu Schleswig im Kloster in der Hut einer entfernten Verwandten auferzogen wurde. Als sie mündig geworden, hatte sie von dieser sich getrennt und sich in der Nähe des Klosters eingemietet; heiraten wollte sie nicht, obgleich dazu schon mehr als eine Anfrage an sie ergangen war, denn unter Vorbehalt der väterlichen Rechte war das Gut ihr übereignet worden. Gleichwohl hat sie gemeint, ihr Vater werde wiederkommen, und die Freier etwa so beschieden, indem sie hastig nach einer begonnenen Arbeit griff: »Zu danken für die erwünschete Gewogenheit! Aber mein Papa wird nicht so gar von seinem Hof und seiner Tochter lassen; sobald er heimgekehret, wird er für mich zu reden wissen.« Das aber haben alle für einen Abschlag aufgenommen und von dem schon vergessenen Vater auch nur ungern reden hören.

Zu Grieshuus und überall im Lande hat es wüste ausgesehen; unser Herzog Christian Albrecht, nachdem er mit dem von seinem Vater ererbten Diplom des Kaisers Ferdinand die Universität zu Kiel gestiftet hatte, war vierzehn Jahre lang von seiner Residenz vertrieben; dessen getreue Beamte ließ der Dänenkönig verjagen oder gefangen setzen und die Kraft des Landes durch seine nie ruhenden Kriegesrüstungen erschöpfen. So mochte es auch zu Grieshuus nicht heimelig sein, und Jungfer Henriette, wie sie nach ihres Vaters Namen war getauft worden, ist nimmer dort gewesen; das Archiv aber hat sie nach einem Zimmer in ihrem Hause zu Schleswig bringen lassen, und um Ostern und Martini mußte der Verwalter dort ihr Rechnung legen. Dann hat sie tagelang vor den großen Büchern dagesessen und über Kopfweh vor ihrer Magd geklagt; »denn«, hat sie gesagt, »es muß doch stimmen, wenn er wieder selbst regieren will.«

Aber der Junker Hinrich ist doch nicht gekommen. Zu Grieshuus blühte die Heide und verging; Sonnenschein und Schneewinde wechselten über den mächtigen Eichenwäldern; sie wuchsen, geschlagen wurde nicht darin, insonders seit die Vormundschaft zu Ende ging; das Schlimmste war, daß das Unzeug sich in ihnen mehrte, Weihen und Falken, die in den Wipfeln horsteten, vor allen der Wolf, »de grise Hund«, wie ihn die Bauern nannten, der unter den Höhlen der mächtigsten Eichenwurzeln im Dickicht seine Jungen warf. Noch jetzt zeigt man die Stelle, wo eines Tagelöhners Kind, das Dohnen in dem Wald gestellt hatte, von ihm zerrissen worden; denn einen Jäger hat es zu Grieshuus nicht mehr gegeben, und bei dem Turmhaus hing die rote Pforte klappernd in dem Winde; der Verwalter wollte keinen neben sich. Oben im Herrenhause, in dem Gemache über dem Portal des Haustores und gegenüber in dem weiten Saale, lag fingerdicker Staub und totes Geziefer auf Simsen und Geräte. Und Junker Hinrich war noch immer nicht gekommen.

Als aber mehr als ein Menschenleben so vorüber war, langten schwedische Völker vom Wellingischen Regimente aus dem Bremischen an; dabei ein Oberst, der wegen einer aufgebrochenen Wunde in Schleswig sich verweilen mußte. Er hatte sich in der Nachbarschaft des Klosters eingemietet, und die Dame von Grieshuus hatte ihm durch den Friseur ein sonderbar heilendes Wasser offerieren lassen, was er dankbar akzeptieret hatte. Als er sodann nach seiner Genesung seine Aufwartung machte und alsbald ihr seinen Eheantrag ausrichten ließ, hat sie nicht mehr den Mut gehabt, ins Ungewisse zu verweisen, sondern nur gesagt: »Ich hoffe wohl, mein Vater, der unter Karl X. jung gewesen ist, wird nicht dawider sein.«

So ist sie des Obersten Weib geworden, der seinen Abschied aus dem Dienst genommen hat; aber nach Grieshuus hat sie auch jetzo nicht hinüberwollen; »denn«, sagte sie ihrem Eheherrn, »die Wölfe kommen dort gar in die Küche, und über die Heide geht ein Spukwerk; - o nein!«

»Ei, Narretei! Wer hat dir das erzählt?«

»Der Verwalter; der wird's doch wissen!«

Der Oberst lachte: »Das wohl, er hat die Herrin nicht ins Haus gewollt!«

Sie wurde dunkelrot und strich das dünne Haar sich von den Schläfen: »Nein, nein; du glaubst mir immer nicht!«

»Nun, ich werde selbst dahin gehen und mich informieren, Henni.«

Dann ist er ohne sie dahin gegangen; er hat im Hause etwas räumen und mit den Bauern einmal auf die Wölfe treiben lassen; aber die Wälder sind zu dicht und die rechten Hunde nicht am Platz gewesen; sie haben keinen Wolf gesehen. So ist er nach Schleswig wieder heimgekehrt.

Und am Jahrestag der Hochzeit ist ein Kind geboren worden; ein Knabe, in welchem von des Weibes Eltern alle Schönheit aufgestanden ist. Es ist auch zur glücklichen Niederkunft gratulieret worden; aber die Mutter hatte doch all ihre Kraft dem Kinde hingegeben. Noch ein paar Jahre hat sie, meist in Kammerluft, dahingelebt; dann eines Septembermorgens, da schon die gelben Blätter vor ihrem Fenster wehten, hat sie das Kind sich bringen lassen; und ihre magere Hand in seinen goldenen Haaren, hat sie gesprochen: »Er ist doch nicht gekommen, Rolf, und ich sterbe nun; ich war nur eine schlichte Frau, aber du, mein schöner Sohn«, - und der Knabe stand an ihrem Kissen und sah mit seinen durchdringenden Augen zu ihr auf - »du wirst ihn sehen; grüß ihn von mir! Rolf! Vergiß nicht –« Lallend hatte sie die letzten Worte gesprochen; ihre Hand fiel von des Kindes Haupt, Und als sie eine Weile so gelegen, hat der Knabe mit seiner Hand ihr in das magere Angesicht gegriffen; aber sie rührte sich nicht mehr. Da schrie er, und die Wärterin trug ihn hinaus.

Als der Oberst vom Begräbnis auf dem Klosterkirchhof, wo man seine Frau nach ihrem Wunsch bestattet hatte, heimgekommen war, nahm er seinen Buben auf den Arm: »Die Mutter hat hier schlafen wollen«, sagte er, »wir beide gehen nach Grieshuus; ich will nun selber deinen Hof verwalten; da sollst du reiten lernen!«

Und der Junge sah seinen Vater fest aus seinen dicht beisammenstehenden blauen Augen an; dann tat er einen lauten Lustschrei.

– So ist der Oberst, da im nächsten April an den Waldrändern von Grieshuus die Schlüsselblumen blühten, da die Äcker

gedüngt und die Wintersaaten gewalzt wurden, mit seinem Buben in das Herrenhaus dort eingezogen. Eine ältliche Verwandte der Verstorbenen, das Klosterfräulein Heide von der Wisch, ist mit dahin gegangen, um, wie sie sagte, bis die Flüttezeit vorüber, être la mère à ce pauvre enfant; sie ist aber dort hängengeblieben und nach dem Kloster nicht zurückgekommen, obwohl der Knabe nie nach ihrer Hand gegriffen hat.

Oben im Hause sind die ungeschlachten Möbel nach dem Boden hinauf oder in die Gesinderäume hinabgeschafft worden; im Wohngemache standen nun geschweifte Schränke und Chiffonieren, und auch ein Kanapee mit farbig gemustertem Bezuge, worüber neben dem vorgefundenen Bild der Urgroßmutter auch das der Mutter des Besitzers hing. Es pflegt so zu geschehen: das schönste, das Bild der Großmutter, fehlte zwischen beiden; sie war gekommen und gegangen, und keiner wußte noch von ihr.

Im wesentlichen wurde es auf dem abgelegenen Hofe nicht gar anders, als es im vorigen Jahrhunderte gewesen war. Denn Deutschland erhob sich eben erst aus wüsten Träumen. Die neue Koppelwirtschaft wurde freilich eingeführt; aber der Oberst war ein Melancholikus und litt an den Übelständen einer alten Wunde; überdies war er weder ein Landwirt noch ein Jäger, und beides war hier vonnöten. Für letzteren gab sich zwar ein hungriger Verwandter der alten Herrschaft, der nach Jahr und Tag sich zum Besuche eingefunden hatte und gleichfalls nicht wieder fortgegangen war; aber es hatte nichts Sonderliches zu bedeuten. Nur einmal, an einem Winterabend, war hinter dem Turmhaus ein Rehbock von ihm geschossen worden; allein zur Küche war er nicht gekommen, denn mit selbigem, daß das Tier zusammengebrochen, hatte ein dürrbeiniger Wolf sich darauf zugestürzt und es an der Kehle mühsam fortgeschleift; der Vetter aber war mit erhobenen Händen durch die

Heidemulde nach dem Hofe zu gerannt. »Hol der Teufel Eure Wölfe hier! Das ist nicht in der Ordnung!« hatte er im Hausflur dem Oberst zugerufen; der aber hatte nur gelächelt: »Freilich nicht, Vetter; jedoch ich meinte, das sei Ihre Sache.«

»Ei, das versteht sich, Oberst! Aber die Hunde! Ich soll nur erst die rechten Hunde haben.«

»Aber ich denk, Ihr habet ja den ganzen Stall schon voll davon.«

»Nun, nun; gehet nur hinauf und kramet die Karten vor; ich will mir nur den nassen Rock vom Leibe ziehen; dann wollen wir die vier Könige jagen.«

Und bald saßen sie sich gegenüber bei ihrem Pikett; und der Oberst war damit zufrieden.

– Als der Junker Rolf im siebenten Jahre war, lehrte der Vetter ihn lesen und nach Adam Riese rechnen; das konnte er, sogar auch mensa und amo deklinieren und konjugieren. Der Knabe lernte leicht und rief mitunter: »Ich kann's doch besser noch als du!« Dann freute sich der Vetter und lief zu dem Vater:

»He, Oberst, höret, was Euer philosophus da redet!« und den jungen, wenn er hintennach gelaufen war, bei den Ohren in die Höhe hebend, rief er: »Ich hab's dich doch gelehret, Tausendsakramenter!«

Des Knaben Freundin war eine alte Magd, die schon die Mutter als kleines Kind getragen hatte, die von hier zur Stadt und wieder von dort hieher zurückgebracht war. »Ich will Matten fragen!« rief der Bube, wenn er selbst nicht wußte, was er wollte. Sie hatte ihr Augenlicht fast ganz verloren und saß meist unten in der großen Gesindestube oder am Herd in der Küche, beschaffend, was einem blinden Menschen möglich war; und wenn er sie gefunden hatte und auf sie losstürmend sie an der Schürze riß, dann sagte sie wohl: »Kind, Kind, gib Ruh; was willst du denn? Bei Gott ist Rat und Tat!« und sah mit ihren toten in seine lebendigen blauen Augen. Und frug sie weiter: »Sprich, was willst du, Rolfchen?« dann sprach er wohl ganz kleinlaut: »Weiß nicht, Matten; - erzähl mir was!« Und sie legte das Messer, oder was sonst ihre Finger hielten, fort und frug: »Was denn erzählen, Kind?« Er war auf ihren Schoß gekrochen und rief:

»Von Owe Heikens, wie du zuviel Holz gebrochen hattest! Nein« - und er flüsterte ihr ins Ohr: »Erzähl mir von der schönen Frau, da auf dem Meierhof; wie hieß sie doch?« - »Kind, Kind, das war ja deine Großmutter!« - Der Knabe sah ihr lange ins Gesicht: »Großmutter?« sagte er langsam. »War sie denn schon alt?« - »Alt?« Und Matten wiegte ihren grauen Kopf. »So jung wie Maililien! Wenn der Tod kommt, bleiben auch die Großmütter jung. Sei still und halt's für dich, so will ich dir erzählen!«

In einem aber war der Vater selbst des Buben Lehrmeister; er kaufte ihm erst einen, und, als er größer wurde, einen zweiten von den kleinen türkischen Kleppern und ließ draußen an der Ostseite eine Reitbahn richten; und die Peitsche des Obersten klatschte, und der Junge lag bald auf dem Rappen, bald auf dem braunen Klepper.

Plötzlich aber wurde es anders zu Grieshuus. Der Oberst, da an dessen Geburtstage der Junker mit einem unter des Vetters Anweisung gefertigten Glückwunschbriefe vor den herzallerliebsten Papa getreten war, hatte danach nichts Eiligeres zu tun, als durch seinen pastor loci einen Informator zu besorgen. Dadurch ist der Magister Caspar Bokenfeld auf den Hof gekommen, und mit ihm ein Mann, dem ich von nun an die Erzählung in eignem Namen überlassen kann.

Während der ersten Herbstvakanz in meiner Studentenzeit war ich daheim und wurde bei einem Besuche der Stelle von Grieshuus durch ein heftig Wetter in das Haus des Küsters in dem nahen Dorfe eingetrieben. Er war ein schon bejahrter Mann, den ich bisher nicht kannte; wir saßen uns bald am Fenster gegenüber, und ich sah auf die Ostseite der alten Felsenkirche, an welcher noch die schweren Eisenringe hingen, so daß ich ohne Umstand das Gespräch auf jene alten Dinge bringen konnte. Er hatte mir ruhig zugehört; als ich jedoch bekannte, daß mir die dortigen Ereignisse des achtzehnten Jahrhunderts minder klargeworden seien als die des vorigen, stand er auf und ging nebenan in eine Kammer, aus der ich das Auf- und Zuschließen eines Schrankes oder einer Lade zu vernehmen glaubte. Als er zurückkam, legte er ein vergilbtes Schriftstück in den mir hinlänglich bekannten Zügen des letzten Jahrhunderts vor mir hin.

»Klar ist das auch nicht«, sagte er; »aber es ist erzählt, was sich begeben hat. Der Autor war einer meiner Vorfahren und Pastor an hiesiger Kirche, nachdem er sich das als Informator auf dem Hof verdient hatte.«

Ich faßte mit Andacht das Papier; die alte Zeit begann ja selbst zu sprechen. Dann hab ich's mit des Küsters Erlaubnis noch am selben Nachmittage abgeschrieben und bin erst nach Haus gekommen, als die derzeit einzige Gassenleuchte an der Hafenstraße schon von dem Nachtwächter ausgetan war.

Und hier ist es:

Die Niederschrift des Magisters Caspar Bokenfeld

Anno 1702, in welchem nachmals unser Herzog Fridericus IV., des hartgeprüften Christian Albrechts Sohn, bei Klissow in Polen für seinen Schwager, den Schwedischen Carolum XII., sein junges Leben gab, im Januar am Sonntage Epiphanias war es, da ich Grieshuus zum erstenmal betrat. Es bimmelte schon unten von dem Kirchturm zum Gottesdienste, und die helle Wintersonne strich an den Fenstern entlang, als der Herr Oberst auf seinem zierlich ausgerüsteten Zimmer mir seinen Sohn als Zögling zuführte. »Das ist der Magister Bokenfeld«, sprach er zu dem elfjährigen Knaben; »der soll nun versuchen, was aus dir zu machen ist.«

Der Bube sah mich aus ein Paar scharfen blauen Augen an, als ob er im hintersten Hirnwinkel mich aussuchen wolle, und sagte dann, mirabile dictu: »Kann Er auch reiten, Magister?«

Da lachte der Herr Oberst und schlug ihn auf die Schulter: »Ei, Teufelsjunge, reiten soll er dir nicht weisen; aber Sie sollst du den Magister titulieren: er wird dir schon zeigen, wo die Geigen hängen!«

Siehe, da wurde mir der Odem leicht; denn mit denen von Adel hatte ich nimmer noch verkehret; der kleine Junker aber hat mich in Tagen nimmer angesprochen, bis das Herz ihm einmal jählings überquollen; da sprach er: »Sie sind gut, Herr Magister!« und gab mir seine feste kleine Hand; ich aber nahm das edle Kind in meinen Arm: »Wir wollen Freunde werden, Rolf!« sagte ich; da umfassete er mich heftig, und sein geringelt Goldhaar hing noch lange über meine Hand herab. Auch war das nicht umsonst gesprochen; - mein Rolf, mein schöner guter Knabe, weshalb der Vater droben dich doch so früh begehret hat!

– Es war recht einsam zu Grieshuus. Der Oberst kränkelte und verließ das Haus nur selten; an jeglichem Abend spielte er sein Pikett oder eine Partie Dame mit einem Familienvetter, der hier im Hause lebte; ein sonderlicher Mann, der alles zu verstehen meinte und gleichwohl ohne alle Erudition war. Der Oberst war ein Witmann; aber eine adelige Klosterjungfer Adelheid hielt strenge Hauswirtschaft; sie rief mir selber einmal am Sonntagnachmittage zu: »Gib Er mir Seinen linken Strumpf, Magister; da soll die Sonn Ihm bald nicht mehr auf Seine Wade brennen!« Und als ich hinsah, siehe, da war ein Loch im Strumpfe, und ich schlich gar beschämt davon, um solchen Fehler aufzubessern.

Mir war das Zimmer über der Einfahrt in dem Torhaus eingeräumt; ich hatte meine Bücher mit mir, und war es wohl zum ersten Male, daß Homerus und Virgilius, Arnoldus und Thomasius die Wände hier verzierten. In der Torfahrt unten hatte der Meiereikeller ein Fenster, und es hieß, oftmals, so man nächtens vorüberschreite, solle von dort aus ein Rahmschöpfen und Umgießen deutlich hörbar werden, was in Wirklichkeit nicht sei; aber das sind nugae; es ist allzeit ruhig gewesen, wenn ich gegenüber meine enge Treppe aufgestiegen bin. Aber drinnen in meiner Kammer war es gar einsam, wenn die Nachtruhe über den Hof gekommen war und ich noch über meinen Büchern saß. Wenn dann der Mond am Himmel stand und ich von der Arbeit zu dem einzigen Fenster trat, dann sah ich ein tiefes Heidefeld, das zwischen zwei hohen Waldseiten auslief; und mitunter drang ein seltsam Heulen aus der Ferne, von dorten, wo ich bei Tage ein altes Turmhaus hatte stehen sehen; da ich es zum ersten Male hörte, schritt ich zur Tür und schob den Riegel vor; dann löschte ich das Licht und legte mich schlafen. Das Heulen, das noch länger durch die Nacht scholl, ist aber von den hungerigen Wölfen kommen, deren derzeit im Übermaße hiergewesen; und ich hab noch lang gelegen und gehorchet; mir war, als könnten sie durch die offene Torfahrt kommen und mit den Tatzen meine Tür anfallen.

Als ich am Morgen dem Junker Rolf davon erzählte, sprach er: »Da in der Heide müssen Sie itzt nimmer gehen, Herr Magister; ich bin zu Pferde dort gewesen und doch fast vom Leben abgekommen!«

Und auf meine Bitte hat er es also mir erzählet: Eine grimmige Kälte ist es dazumal gewesen, am Nachmittage vor dem letzten Heiligabend, zwei Wochen nur vor meiner Herkunft, und wie bleicher Messingglanz hat die Dezembersonne über die Heide hingeglinstert. Droben in dem großen Saale hat die Tante Heide herumgehamstert, ganz mutterseelenallein, und hat niemand hinein dürfen, weder vom Gesinde, noch auch der Junker Rolf, wohl selber kaum der Oberst; denn für alle ist da drinnen die Weihnachtsbescherung aufgebauet worden; der Vetter nur ist eigenwillig aus und ein gehuschet, denn er hat's gar besser noch verstanden als die Tante. Junker Rolf aber ist vor Ungeduld treppauf und -ab gesprungen, auch auf den Hof und in die Ställe eingelaufen und zuletzt dann in des Oberst Zimmer, wo dieser mit dem Verwalter vor der Gutsrechnung gesessen: »Was soll ich anfangen, Papa? Um fünf Uhr erst will Tante Heide schellen!«

»So geh zu deiner Freundin, der alten Matten!«

»Mag ich heut nicht, Papa.«

»So reit noch eine Stunde!« hat der Oberst ihm gesagt und kaum von seinen Büchern aufgesehen; »und nimm den Braunen an die Leine!«

Drauf ist der Junker in den Stall gegangen, wo die beiden Klepper an der Krippe standen, und hat dem Knecht gerufen, daß er ihm den Rappen sattle und ihm den Braunen an die Hand gebe.

»Hopp, Stella! Fera, hallo!« Und so ist er in den bleichen Winterschein auf die Heide hinausgeritten; die Mulde hinunter und weiter, immerzu über den hartgefrorenen Boden. »Hussa!« Und er hat seine kleine Kappe mit der braunen Geierfeder vor Lust geschwenket, und die kleinen feurigen Rosse haben getanzt, als wüßten auch sie, daß heut noch Weihnacht-Heiligabend sei.

Plötzlich ist die Sonne weggewesen. Noch kurze Weile hat das schwarze Heidekraut geleuchtet; dann hat die große dunkle Schattendecke sich gebreitet, und bald danach ist vom Himmel mehr zu sehen gewesen als drunten von der Erden. »Oh, lieb Christkindel«, hat der kleine Reiter gerufen; »nun wird wohl bald für dich gebimmelt werden!«

Mit diesem wandte er seine beiden Rosse, die gleich als Hunde seiner jungen Hand gehorchten. »Hopp, Fera! Stella, hopp!« Und heimwärts ging es noch viel fröhlicher als hinaus. Mitunter ließ er seine flinken Augen seitwärts über die dunklen Heidebreiten streichen, aber sehen konnte er nichts; nichts war zu hören als der Trab der Pferde auf dem harten Boden und das eigne Atemholen, denn das meiste Getier schlief unten in seinen Winterhöhlen; nur über ihm flammten und zitterten die Sterne in der grimmen Winterkälte.

Da, als er schon der rechtshin auslaufenden Waldspitze gegenüber war, die sich noch schwach am Abendhimmel merkbar machte, hörte er von dorten etwas durch die Heide trotten. Um besser zu hören, zog er den Zügel an; aber die Pferde warfen mit den Köpfen, schnoben und drängten mit allen Kräften vorwärts. Der Junker hat zuerst gedacht, es sei ihr Hatzrüde, der seit ehegestern fortgewesen, und: »Fuko, Fuko!« hat er laut hinausgerufen.

Dann ist er vor seinem eignen Ruf erschrocken; denn es ist ihm jäh aufs Herz gefallen, daß vor dem Fuko, der ihr Stallkamerad gewesen, seine Klepper nicht solch ein Zittern und Schäumen überkommen würde. Und immer näher ist es auf ihn zu getrottet. Der Pferde ist er so unmächtig geworden, daß sie mit ihrem jungen Reiter, als ob sie flögen, gegen den Herrenhof dahingeraset sind, der nur noch aus einem schwebenden Lichtschein über der Höhe kenntlich war.

Immer toller ist die Jagd gegangen, und da ist es dicht an ihm herangewesen: »Ein Wolf! Ein Wolf! Hilfe, Hilfe!« hat das Kind geschrien und dabei seine Peitsche geschwungen, unachtend, daß es dessen nicht bedurfte. Dann gab es einen Ruck; der Rappe hatte mit den Vorderhufen ausgehauen, daß Junker Rolf die blanken Eisen durch das Dunkel blitzen sah; er hatte die Füße aufgezogen und lag mit der Brust auf dem Halse seines Pferdes.

Das aber stieß einen Zeterschrei aus, und sausend ging es nach dem Hofe und schon dem Aufstieg und dem Tore zu. »Kilian! Martens! Jens!« Er wußte selber nicht, wen er gerufen hatte, aber ein Geheul ist von dem Hofe losgebrochen; und Fuko und die andern Hunde sind hinausgestürzet und um das Pferd herum, und die glimmenden Augen an dessen Seite sind in die Nacht zurückgewichen. Rosse, Reiter und Hunde sind durch die offene Torfahrt in den Hof hineingebrochen.

»Aber der Wolf, der grise Hund«, sagte der Junker und nickte mir mit seinen blauen Augen zu, »hat doch mein Pferd gebissen; es ist noch lang nicht besser; der Vetter kann es nicht kurieren.«

Es war kurz danach, am Vormittage des zweiten Sonntags nach Epiphanias. Draußen über den Reitplatz fegte der Nordost; derohalben ließ der Herr Oberst den kleinen Rappen nach dem Schloßhof führen, denn die Wunde an der Kehle, so der Wolf dem Tiere zugefüget, wollte noch immer sich nicht schließen, obschon von dem Vetter und dem alten Schäfer mit Wundwasser und Kräutersalben wacker dazu getan war.

Der Junker Rolf stand neben mir auf der Freitreppe vor dem Herrenhause; wir sahen zu, wie der Herr Oberst dem Rappen mit linder Hand über die wunde Stelle strich und dem mutigen Tiere beschwichtigende Worte zusprach.

»Wird bald baten, Gnaden Herr Oberst!« sagte der Schäfer; und der Vetter, der auch danebenstand, steckte die Hände in seine weiten Hosensäcke und sprach wie allzeit, wenn er seiner Weisheit auf den Boden sah: »Freilich, freilich, Oberst; will nur alles seine Weile haben.« Der Oberst aber schüttelte den Kopf und warf einen gar despektierlichen Blick auf den sorglosen alten Herrn: »Gegen Wölfe und Wunden helfen nicht bloße Worte, davon Ihr großen Vorrat habet!«

Indem hörte ich Schritte von der Einfahrt her und sah über den Rappen weg einen hohen, aber schon stark ergrauenden Mann in den Hof treten; er trug ein lederfarben Wams und hatte einen Hirschfänger am Gurte hängen, war auch sonst in seiner Kleidung wie damals solche, die im Jagd- oder Forstwesen in hoher Herren Diensten standen; aber in seinem Antlitz waren tiefe Furchen. Ihm zu jeder Seite ging ein gar gewaltiger brauner Schweißhund mit breitem Ohrgehänge, welche mit ihm auf uns zuschritten. Seltsam schien mir, daß er nicht um sich blickte, sondern geradeswegs nach der Stelle ging, wo der Oberst sich neben dem wunden Rosse hielt.

Als dieser sich aufrichtete und ihm sagte, er sei der Herr hier, und was Botschaft etwa er zu bringen habe, lüftete der Fremde ein wenig seine Kappe, aber fast nicht als ein Untergebener oder ein Begehrender; und hub dann im ruhigen Tone an, wie er als erprobter hirsch- und wolfgerechter Jäger den Wölfen nicht nur mit Schießen, Gruben oder Giftlegen, sondern auch auf minder bekannte Art beizukommen gute Wissenschaft erlanget, und zu dem Ende, da er von dem Notstand hier vernommen, dem Herrn Oberst seine Dienste offeriere.

»Oho!« rief der Vetter und warf sich in die Brust; »wir halten hier nichts auf solche Jägerstücklein und Teufelsspielereien; sind auch genug der fahrenden Weidgesellen, die viel versprechen und dann wenig halten!«

Der Oberst hieß ihn schweigen, deutete aber auf die Hunde, die schier unbeweglich standen, die klugen Augen zu denen des greisen Mannes gerichtet, und sprach zu diesem: »Wenn Er mir dienen will, was hat Er Seine Köter nicht am Tor gelassen? Hier binnen ist nur Platz für meine und meiner Freunde Hunde.«

Unter den buschigen Augbrauen des aufrechten Alten schoß es wie Funken; doch er entgegnete ruhig: »Wer ihren Herrn dingen will, der muß sie sich gefallen lassen; der Handel wird nur um so besser sein.«

Der Oberst schwieg einen Augenblick und frug dann: »Was für Atteste hat Er?«

Der Alte griff in sein Wams und übergab ihm eine Schrift; der Junker Rolf aber sah inzwischen nur nach den Hunden: »Oh, sehen Sie, Herr Magister, die beiden schönen Kerle!«

Er wollte zu ihnen; da rief ich laut und griff nach seiner Hand: »Laß, laß, Junker! Das sind von den grausamen Bluthunden, und sie kennen dich ja nimmer!«

Bei diesen Worten sah der Fremde, uns andre nicht beachtend, auf den Knaben; ja fast, als ob er mit den Augen ihn verschlingen wollte, daß er nicht hörte, wie der Oberst zu ihm redete: »Das wäre etwas; der König hat in seinem Preußen wohl weidgerechte Männer brauchen müssen. Hat Er mehr desgleichen?« ,

Aber es bedurfte eines weiteren Wortes, bevor der Fremde nochmals in sein Wams griff und ein zweites Schriftstück dem Oberst überreichte; zum Junker aber sprach er: »Es ist nicht Gefahr, so ich zugegen bin!« und raunete ein Wort zu beiden Tieren.

Da sprang der Knabe von der Treppe und lief zu den Hunden, die jetzt ihre großen Köpfe zu ihm wandten; der Fremde aber ließ langsam seine Hand auf des Junkers Scheitel sinken, und seine Lippen rühreten sich, als ob er heimlich bete.

Der Oberst hatte diesen Vorgang nicht gewahret; denn seine Augen hatten sich auf das Papier geheftet: »Oho!« rief er nun; »aus Schweden, vom König Carolus ein eignes Sigill!« und er hob den Hut vom Kopfe, wie immer, wenn er den Namen seines einstigen Kriegsherrn sprach. »Wie kommt's denn, daß Er im Lande streifet, so Er solche Gönner aufzuweisen hat?«

»Lasset das!« sprach der Alte. »Es ist so meine Art.«

Der Oberst blickte ihn eine Weile an: »Ihr sehet mir zwar nicht einem gleich, der dienen möchte; aber folget mir in mein Gemach, so wollen wir der Sache näherkommen!«

Die Hunde streckten sich auf Befehl des Alten neben der Treppe; dann gingen beide in das Haus.

– Am folgenden Tage hieß es, der Fremde sei als Wildmeister von dem Oberst angenommen; er habe sich die Wohnung im Turmhaus ob der Heide ausbedungen, nur drei Tage im Jahr, vom 23. auf 25. Januarius, müsse ihm auf dem Hofe selbst Quartier gegönnet werden.

Das gab gar viel Gerede in Grieshuus; denn es war ja einmal Friede hierzulande, obschon der ränkesüchtige Görtz regierte und die Frau Herzoginwitwe mit unserm kleinen Herzog sich in Schweden, in ihres Bruders Reiche, aufhielt; und geschahe hier sonst nichts andres, als daß das Korn gedroschen und in den Ställen das Vieh gefüttert wurde.

An einem Abend, da ich im Herrenhause mit dem Junker unsre studia beendet hatte, stieg ich in die Gesindestube hinab, um meine Leuchte anzuzünden. Da saßen alle beieinander, und ich hörte den

Kutscher sagen: »Was weiß denn der von unsern schlimmen Tagen, die auch nun vor der Tür sind?«

Der alte Schäfer, der mit seinem rauhen Hund ihm gegenübersaß, nahm die kurze Pfeife aus dem Mund: »Ich hab so mein Gedanken, Jochum«, sprach er; »er wird zum erstenmal nicht hier sein. Eh denn der Herr hier eingezogen, da schon das Meisenzwitschern in den Büschen war, hat der junge Schmied da unten in der Schummerstunde einen auf der wüsten Stell am Dorf getroffen, wo einst ein Immengarten ist gewesen; der hat nach Grieshuus gewiesen und ihn gefraget: ‚Wer wohnt denn dorten?' Und als er dann berichtet, ist er ihm eingefallen: ‚Ein Schwed? Wie ist denn das?' - ‚Ja, Herr, er hat sich eingefreit; aber das Weib ist diesen Herbst verstorben.' Da er bei diesen Worten aufgeblicket, hat der Mann, der schon ergrauet und von großem, herrenhartem Aussehen ist gewesen, die Händ gefaltet und ist totenbleich geworden; der Schmied aber hat gesagt, und, so er mir erzählet, er hätt's nicht lassen können; ‚Ja, Herr; aber einen stolzen Buben soll sie nachgelassen haben; und zum Frühjahr werden sie hier wohnen, gleich den alten Herren von Grieshuus, wo der ein erschlagen und der andre –'«

Als der Schäfer so weit gesprochen hatte, kam eine Stimme von der Ofenseite: »Gabriel, Gabriel! Spar deine unnützen Worte!« Das war die alte Matten; sie war blind, aber die Leute fürchteten sie, denn sie sah mit Geistesaugen, was erst die Zukunft bringen sollte, und so sie solcherweise anhub, meineten alle, daß sie prophezeien werde.

Und so ist es still geworden, aber die Alte sprach nicht weiter, und ich entzündete meine Leuchte, schritt über den Hof und dann im Torhaus das Trepplein hinauf nach meinem Zimmer oben, und war der Kopf mir schwer, was für Verhängnis Gott hier möge zugelassen haben. Doch als ich bald danach ans Fenster trat, um in die Nacht hinauszuforschen, ob nicht ein Sternlein von dem Himmel strahle, da sah ich hier im Erdental ein Lichtlein flimmern, wohl eine Viertelstunde fern, das in dem Turm da drüben brennen mochte. Das war der neue, nein, der sehr alte Wildmeister! - Was er betreiben mochte, das wußte ich nicht; aber mir war, ich sei nun hier nicht mehr allein; und da ich mein Licht gelöschet, sah ich das andre noch lang von meinem Bette aus. Und Gott sei mit uns allen!

Aber am nächsten Sonnabend, es mochte nach neun Uhr abends sein, saß ich wiederum auf meiner Kammer. Mein Vetter im Dorfe drunten, der Pastor Heike Madsen, hatte mir bei gestrigem Besuche ein Buch der holländischen Irrlehrerin, der Antoinette Bourignon, gegeben, so vor Jahren drunten in der Stadt in eignem Hause eine Buchdruckerei gehalten hatte, um ihre törichten Meinungen als Bücher ausgehen zu lassen; es führete den Titel: »Das Grab der falschen Theologie«, und ist Anno 1674 auf dem Markt zu Flensburg durch den Scharfrichter verbrennet worden; hatte mein Vetter aber curiositatis halber noch dies Exemplar geborgen. Mir war von dem frechen Wuste solcher Lehren der Kopf schier wüst geworden, und von draußen schlug der Sturm an die Fenster, als wolle er die Scheiben aus dem Blei reißen.

Da legete ich den Unflat beiseite, denn mich fassete Begehr nach einem stillen Gruß von meinem Nachbar jenseit der Heide. Aber obwohl er bis hiezu noch um Mitternacht mit seinem Lichtlein in das Dunkel hinausgeleuchtet hatte, es war itzt alles schwarz da draußen. Der Sturm fuhr heran und wieder fort; und es war dann eine Zeitlang Totenstille; nur in der Ferne hörete ich ihn tosen, als ob er dort zu schaffen habe, bis er zurückkam und mit frischen Kräften wieder gegen Mauer und Fenster tobete. Und diesmal lag ich lang, bevor ich schlafen konnte.

– Als ich am Morgen über den Hof ging, sprach ich zu einem Knechte: »Das war schlecht Wetter in der Nacht!« - »Ja, Herr, wie immer in den schlimmen Tagen«, entgegnete er und schritt vorüber. Ich schüttelte den Kopf; aber ich besann mich; wir schrieben den 24sten; so war der Wildmeister heute nacht im Herrenhaus gewesen. Auch vernahm ich drinnen, daß heute der Tag sei, wo alle Jahr die alte Matten ihren Kirchgang halte; der Knecht aber, der bei ihrer Blindheit sie stets geleite, habe sich den Fuß vertreten. Also ging ich zu ihr, traf sie auch wohlgeputzet in der Gesindestube, mit neuem Fürtuch und schwarzem Käppchen, und bot ihr meine Dienste an.

»Er will mit dem alten Weibe nach der Kirche?« frug sie; und als ich es bejahete: »So muß Er Geduld haben, Magister; denn so weite Wege gehe ich nur einmal in dem Jahr.«

»Ich habe schon Geduld«, sprach ich; »meine alte Mutter ist schwächer noch denn Sie.«

Da sah sie mich mit ihren toten Augen an und lächelte, daß ihr altes Antlitz mir gar hold erschien; dann aber seufzete sie und sprach schier traurig und wie nur zu sich selber: »Du wirst auch alle überleben, Kind.«

Und auf diese sonderliche Rede gab sie mir die Hand, und wir gingen den Kirchweg hinab. Der Herr Oberst hatte mir in seinem Wagen Raum geboten, aber ich hatte solches abgelehnt; und so sahen wir sie uns vorbeifahren; die Tante Adelheid und der Oberst nickten, der Junker warf uns ein Küßlein aus dem Wagen zu. Es war gut Wetter worden, und die Sonne schien; und auch wir kamen in die Kirche, wenn auch langsam.

Nach dem Gottesdienste wartete ich, bis alle hinaus waren. Matten saß noch im Gestühle und betete still. »Wollen wir gehen?« sprach ich leise; da hob sie sich, und wir gingen aus der Kirche.

Als wir draußen zu Osten an der Kapellenwand vorbeiwanderten, strich sie mit der Hand an der Mauer entlang: »Schlaft wohl, ihr Christenseelen alle!« murmelte sie; und dann, so daß ich es nur kaum vernahm: »Und genade Gott auch dir, Junker Hinrich!«

Da wir dann weitergingen, frug ich; »War Junker Hinrich einer von den alten Herren?« denn die Geschichte des Geschlechtes war mir derzeit nicht bekannt.

»Das war er, Magister«, sprach die alte Frau mit schwerem Tone. - »Und lieget der auch hier begraben?«

Sie antwortete mir nicht und sah nicht auf. Da wir aber wiederum eine Strecke weiter waren, sprach sie: »Er war der Beste; aber - bei Gott ist Rat und Tat.« Dann faltete sie die Hände und ging schweigend neben mir.

Am Anberg bei Grieshuus waren wir von dem Vetter eingeholet worden, der erst im Dorfkrug mit den Bauern hatte schwatzen müssen.

»Halt, halt!« rief er mir zu; »so nehmet doch einen müden Christen mit. Ehrwürden!« denn er nannte mich scherzend wohl schon damals mit dem epitheton ornans meines heutigen Berufes.

Und da wir dann nach Haus gekommen und die Alte in ihre Kammer gegangen war, frug ich auch ihn: »Saget, wer war denn Junker Hinrich, von dem die alte Matten redet?«

»Ei, Ehrwürden«, entgegnete der Vetter lustig, »das solltet Ihr wohl wissen; das war ein Hund, der seinen Zwillingsbruder um das Erbe totschlug und dann von seinem neugeborenen Kind davonlief. Aber, redet nicht davon, denn er war der Großpapa von unserm jungen Prinzen!«

»Von Rolf? - Aber die Alte spricht anders von dem Manne.«

»Ja, die! Die ist nur halb bei Trost. Aber wisset, der Geist des Toten wartet auf der Heide, um ihn zu greifen, falls er in diesen Tagen dort vorüberkäme!« Der Vetter lachte: »Wird lange warten müssen. Ehrwürden! Drum aber vergreifet sich's unterweilen auch! Der Fiedelfritz vom Dorf schleppet seit drei Jahren noch die Beine wie ein Seehund; beim Stein am Tümpel hat man ihn gefunden: 's ist eine bitterkalte Nacht gewesen, ein Wunder, daß kein Tier sich da herangewaget!«

»Ist das der Saufaus«, frug ich, »der neulich für ein neues Violon gebettelt hat?«

Der Vetter nickte: »Ich weiß, wo Ihr hinauswollet, Ehrwürden; aber der Wildmeister ist kein Säufer, und einen Hasenfuß werdet Ihr ihn auch nicht schelten wollen; der wird erst morgen wieder vom Hofe gehen; und die Dirne, so ihm das Essen zuträgt, sagte, es liege eine Bibel auf dem Tisch, sonst sei nichts da als der ergraute Mann; der sehe nicht und höre nicht, und die Speise hole sie fast unberühret wiederum zur Küche.«

Ich dachte an den furchtbaren Waldstein und an andre tapfre Männer, welche auch derlei Phantasmata hatten, aber ich sagte nichts darauf.

Inzwischen gedieh der Unterricht des Junkers mir nach Wunsche; insonders liebte er die Erzählung von den Weltbegebenheiten, so daß er mich oft gar Sonntags damit plagete. So hatten wir eines Tages nach der Kirchzeit mitsammen in des Martini Greveri »Weltgemälden« von dem schönen Hohenstaufen-Jünglinge gelesen, dem

König Enzio mit den goldnen Ringelhaaren, wie nach der Kampagne bei Fossalta die Bologneser ihn in den Kerker stießen, so daß er nimmer wieder mit seinem wehenden Goldhaar durch den Frühlingsmorgen reiten konnte; und wie ein Weib, ein schönes, zu ihm hinabstieg und ihm den Frühling in die Nacht hinunterbrachte.

Nach dem Lesen waren wir in das gen Süden belegene Speisezimmer hinaufgestiegen, woselbst wir auch meinen Vetter, den Pastor, trafen, der erst zu Maitag sich sein Weib zur Pfarre holen wollte. Nach der Tafel liebte es der Herr Oberst, noch ein Stündlein mit uns zu konversieren, denn er war ein Mann von guter Erudition; und also geschahe das auch heute; der Junker Rolf stand neben seines Vaters Sessel, und ich merkete wohl, er hörte nicht, was hier geredet wurde.

Der Oberst hatte ihn schon lang betrachtet; nun streckte er die Hand aus und schüttelte den Knaben: »Was sinnest du, Rolf?«

Da sprach dieser, als habe er bei sich schon lang davon geredet: »Und wissen Sie, Papa? Schön ist sie gewesen und jung und hat ihn nimmer doch verlassen! Und als der König Enzio endlich dann begraben worden, ist dicht am Sarge eine ältliche Matrone hergewankt, und eine schneeweiße Strähne ist in ihrem langen dunklen Haar gewesen!«

Und nun ließ es ihm nicht Ruhe mehr; seine Augen glänzten, und er erzählte alles, was er wußte, von dem König Enzio mit den goldnen Ringelhaaren; er schien es nicht zu fühlen, wie die schon kraftvolle Februariussonne in seinem eignen Goldgelocke glühte!

Während seines Redens war der Wildmeister, der etwas zu melden haben mochte, in das Gemach getreten und, seiner Zeit gewärtig, an der Tür gestanden. Aber schon vorher hatte sich was wohl um solche Zeit geduldet wurde, ein Schwesterenkelkind der alten Matten, ein braunes, zehnjähriges Dirnlein, in ihrem Sonntagsstaat hereingeschlichen. Wie mit Aug und Ohren horchend, war sie zu Anfang stillgestanden, dann aber, ein Fingerlein an den Lippen, immer näher zu dem jungen Herrn hingeschlichen. Als aber dieser seine Rede kaum geschlossen hatte, wies sie mit ausgestreckter Hand auf einen Spiegel gegenüber, woraus des Knaben Bildnis mit seinem Goldgeringel widerschien. »Guck!« raunte sie ihm zu, »da ist er!« und zupfte ihn an seinem Ärmel.

Aber der Knabe wollte sich nicht stören lassen. »Wer denn? Was willst du, Abel?«

Da streckete die Dirne sich zu ihm auf: »König Enzio!« rief sie laut und rannte mit purpurrotem Angesicht zur Tür hinaus.

Der Oberst lachte; der alte Wildmeister aber war rasch ein paar Schritte vorgetreten, und die Hand nach dem Haupt des Knaben streckend, rief er hastig: »Gott nehme ihn in seinen Schutz!«

Der Oberst wandte sich in seinem Stuhle: »Das tue er in seiner Gnade!« sprach er; »aber was hat Er, Wildmeister?«

Da sprach der andre schier verwirrt: »Verzeihet, das Ringelhaar des Hohenstaufen soll in Kerkersnacht gebleichet sein.«

»Er ist kein Kaiserssohn«, sagte der Oberst, »solches wird meinem Buben nicht geschehen!« und blickte liebevoll auf seinen Sohn. Aber viel heißer noch lagen des Alten Augen auf des Knaben Antlitz. Dann richtete er sich auf: »Wenn es beliebte, Herr Oberst? Der Wolf ist unten auf dem Hofe, den meine Hunde heut nacht niederlegten!«

Da faßte unser Herr des Knaben Hand und ging mit dem Alten nach dem Hof hinab; ich und der Pastor folgeten. Auf der Treppe aber hielt dieser, der seine klugen Augen fleißig zwischen den Personen hatte hin und wider gehen lassen, mich am Arm zurück und raunte: »Was meinest du, Magister? Ich möcht wohl wissen, wie selbiger, den sie hier den Wildmeister heißen, in seinen jungen Tagen ausgesehen hat!«

Aber vom Hofe aus rief der Herr Oberst durch die offene Haustür: »Wo bleibt die Geistlichkeit? Erlegter Feind ist ja auch ihr gar liebe Augenweide!«

Da schritten wir eilig hinab und sahen das erlegte Tier auf einem Schlitten liegen, denn es war Schnee gefallen in der Nacht.

Das Raubzeug minderte sich merklich, und immer seltener kam ein Schäfer mit Geschrei zum Hof hinauf gelaufen; und doch hatte der Wildmeister nur einen Mann zur ständigen Hilfe sich erbeten, der hieß Hans Christoph: er war mit ihm von fast demselben Alter und wohnete ehelos im Dorfe unten. Zur Nacht aber war der Wildmeister allzeit allein in seinem Turmhaus, so nicht ein Sonderbares sollte unternommen werden; denn unterweilen, zumal im Winter, hörete ich auch um solche Zeit von mehr als einer Büchse das Krachen aus dem Walde, und war dann morgens meist ein Wolf zu Hof gebracht.

– So waren ein paar Jahre hingegangen; der Junker war frisch hinaufgewachsen und wohl vierzehnjährig schon; dabei war er klug und hatte mich fast ausgelernet. Zu dem Wildmeister, der auch bei dem Obersten viel Ansehen hatte, hegte er ein groß Vertrauen. Der nahm ihn mit zur kleinen Jagd, wozu der Knabe seinen eignen Hund besaß, und unterwies ihn, wie mit diesem und mit Schießgewehren richtig zu hantieren sei; obwohl von jäher Gemütsart, nahm er strengen Tadel von ihm hin. Als sie einst im Herbste mit ihren Flinten über Feld gingen, frug der Wildmeister einen Knecht, der dorten Dünger über das Land streuete, wohin die Hühner, die sie jagten, wohl geflogen seien. Da hörte er, indes er mit dem Knechte sprach, den Junker seines Hundes Namen: »Nero! Nero!« laut und zornig und noch immer lauter rufen; denn es war ein Igel, den der Hund nicht lassen wollte. Als aber der Alte seinen Kopf wandte, riß eben der Knabe des Knechtes Furke aus der Erde, um sie dem Hunde nach dem Leib zu stoßen.

Doch gleichwie von Eisenklammern fühlte er seine Hand von einer andern gepacket: »Erschlag nicht deinen Hund!« rief über ihm der Wildmeister, »du könntest das später einem Menschen tun!«

»Und er sah mich so furchtbar an«, sagte der Junker, da er es mir erzählte, »ich meint, er wolle mich gar selbst erschlagen! Dann aber legte er sanft den Arm um mich und sprach: ‚Das ist dein Blut, mein Kind; wir müssen wissen, wogegen wir zu kämpfen haben!' Und so, mit einem Worte, rief er den Hund, der mit gesenktem Kopfe von dem Igel abließ.«

Der Wildmeister war wohl selbst ein jähzorniger Mann gewesen, aber er hatte gelernt, sich zu besiegen; davon erhielt ich Beweis in eigner Gegenwart. Unser Pastor war in der Stadt zum Diakonate präsentieret, und ich hatte Lust zu seiner Nachfolge hier im Dorfe. So ging ich zum Herrn Obersten, um mein Anliegen vorzubringen, aber ich traf ihn nicht in der besten Laune. Er hatte ein Schreiben in der Hand, mit dem er in seinem Zimmer auf und ab ging; die Tante

Adelheid hatte sich bei meinem Eintritt mit einem Kopfaufwerfen durch die Seitentür davonbegeben.

»Hat Er bei mir zu klagen, Magister?« sprach der Oberst, als ich meine Sache vorgetragen hatte, und da ich es verneinte: »So bleib Er! Er ist noch jung! Machen wir es gleich unsrer Herzoginwitwe mit dem sechsjährigen Herzog, gehen wir nach Stockholm! Es wird auch dort für Ihn zu sorgen sein; Er kann doch nicht von meinem Buben lassen!«

Und da ich über solche Rede erstaunet und auch das letztere die Wahrheit war, so hatte ich nicht allsogleich die Antwort.

Da klopfte es; und auf ein heftiges «Herein« des Obersten war der Wildmeister in das Zimmer getreten. Aber jener beachtete ihn nicht: »Es ist hier nimmermehr zu hausen«, sprach er weiter; »die vormundschaftliche Regierung ist der Görtz, der steckt die Hälfte in die eigne Tasche und hat doch nie genug; und dabei kein Landtag und kein Landgericht! Aber hier ist einer« - und er schüttelte das Schreiben in seiner Faust - »der hat mir Handgeld für Grieshuus geboten! Freilich, die Tante ist in hellem Brand darüber.«

»Herr Oberst«, sagte der Wildmeister, »Sie werden Grieshuus doch nicht verkaufen wollen?« Und da ich ihn ansah, war es wie eine Angst in seinem Antlitz.

Der Oberst war stehengeblieben. »Und weshalb nicht?« frug er scharf.

Und der Wildmeister entgegnete ruhig: »Weil es das Erbe Ihres Sohnes ist.«

»Ja, freilich; doch ich bin der Vormund meines Sohnes.«

»Aber«, sagte der Alte, und in seiner Stimme war ein heimlich Beben, »Sie sind ein Fremder hier; doch Ihres Sohnes Ahnen, Jahrhunderte hinauf, schlafen dort unten in der Kapellengruft.«

»Da hat Er recht, Wildmeister«, entgegnete der andre verdrossen, »und der Großvater ist zum Glücke nicht dazwischen!«

»Herr Oberst!« rief der Alte mit seiner vollen Stimme und stand hoch aufgerichtet vor ihm; er war totenblaß geworden, und ein Paar herrische Augen fielen so drohend auf den Oberst, als ob er ihn von Haus und Hof verjagen wollte.

Und eine Weile sahen sich die beiden an. »Wer ist Er eigentlich«, sprach der Hausherr, »daß Er also zu mir redet?«

Da schien der Alte seiner Sinne wieder Herr zu werden. »Ich bin um andre Dinge hergekommen«, sprach er nach einer Weile, »und bitte, daß Sie mich hören wollen!« Und auf des Herrn finsteres Nicken: »Hans Christoph ist gestern unten in der Stadt gewesen; der Magistrat hat dort beschlossen, den Hafen mit einem neuen Bollwerk einzufassen: ich dächte; das Eichenholz könnte wohl von hier dazu geliefert werden!« Und er begann dann, seine Pläne zu explizieren. Der Oberst, der erst zornig auf und ab gegangen war, stand endlich still und frug und hörete wieder. Ich aber beurlaubte mich und dachte wiederum der Worte meines Vetters.

Als aber die Lieferung des nötigen Eichenholzes mit dem Magistrate abgeschlossen war, so ließ der Wildmeister Schneisen durch die Wälder hauen, da wo sie am dichtesten waren und das Raubwild seinen Unterschlupf bewahrete; denn solcherweis entstanden kleinere Vierkanten und war selbigem leichter beizukommen. Sodann im Herbste stellte er eine Treibjagd an; denn schon im Sommer hatte er die besten Hunde vom Hofe alle auf den Wolf dressiert, und die Dorfbursche, so im Wald gehauen hatten, waren derzeit bei einzelnen Jagden schon unterwiesen worden. Noch seh ich es vor meinen alten Augen! Der Herr Oberst, welcher dazumal seiner Gesundheit insonders froh war, ritt selber mit hinaus, und neben ihm der Junker Rolf auf einem feurigen arabischen Pferde; das war bläulich, mit weißem, wehendem Schweif und Mähnen, und hatte der Vater es ihm kurz zuvor verehret. Es war sehr klug. »Gib acht«, sagte der Junker manchesmal im Scherze, »nun wird's bald sprechen!« und nannte es Falada nach dem Märlein.

Ich stand an jenem wonnigen Morgen des Augustmondes vor meinem offenen Fenster und sah, wie sie in das Heidetal hinabritten, von dessen Blüte der Würzeduft zu mir hinaufstieg. Welch anmutsvolles Bild, als im ersten Anlauf der Junker auf seinem federschnellen Roß dem Herrn Oberst weit vorüberschoß; dann aber leicht sein Tier sich wenden ließ und zierlich grüßend, sein Käpplein in der Hand, mit wehendem Goldhaar zu dem Vater wiederkehrte!

Ich aber, der ich nicht reite und nicht jage, blieb daheim; erst gegen Mittag ging ich vor dem Torhaus draußen im Sonnenscheine auf und nieder, und allmählich scholl es mit Hallo, mit Pfeifen und Trommeln aus dem Walde; Hundegebell, Schüsse und Geheul klang durcheinander; und dann erst nachmittages kam hinter unsern beiden Reitern ein Wagen mit dem erlegten Wilde die Heide hinaufgefahren, redend und schreiend die Treiber mit den Hunden hinterdrein.

Mein Vetter war nicht Diakonus geworden, und vom Verkauf des Hofes hörte ich nichts mehr. Aber eines kam itzt, welches ich hier bemerken muß: die braune Abel, die sich auch gestrecket hatte, begann wie eine Katz um unsern Junker herzustreichen. Kreuzte er ihr den Weg, dann stand sie still, bis er vorüber war; so zwar, als ob sie keine Ahnung von ihm nähme; denn sie wandte kaum den Kopf zu ihm; doch hab ich wohl gewahret, daß ihre dunkeln Augensterne bis in die äußersten Winkel ihres Auges drängten und ihm also heimlich folgeten; auch hatte sie itzt oft eine Blume oder einen Fetzen roten Bandes sich an ihr braunes Haar geheftet und trachtete überall ihm zu begegnen.

Eines Abends im August, da alles Gesinde schon in den Betten lag, promenierte ich einsam, meiner fernen Mutter denkend, im Gärtlein hinter der Westseite des Hauses, das der Oberst schon zu Anfang seiner Ehe angeleget und gegen das grobe Raubzeug mit einer hohen Mauer hatte umschließen lassen. Die Singvögel waren schon zur Ruh gegangen; aber der Würzeduft von Nelken und Jasminen erfüllete ihn ganz; die Sterne schimmerten so ruhig, es war eine warme Sommernacht.

Da ich eben auf dem breiten Steige an dem Hause hinaufging, hörte ich unfern eine Eule schreien, die ich für den frechen Waldkauz wohl erkannte; dann war es wieder, als ob in einen Baum geworfen würde, und es polterte etwas durch das Gezweig zur Erde. Ich stand still; es kam noch einmal, und »ksch, ksch!« rief eine kleine zornige Stimme; »flieg doch zu deinen Teufeln!«

»Wer ist das?« frug ich mich selber; und wiederum, schon ganz in meiner Nähe, fiel etwas durch die Zweige eines großen Dornbaumes; aus einem offenen Fenster zur Seite einer Gangtür, so aus dem

Hause hier in den Garten führete, rief eine müde Stimme, wie aus schweren Kissen: »Laß nur den Vogel, Kind; die Nacht bleibt doch lebendig!«

Und im Sternenschein sah ich eine halbaufgeschossene Dirne, schier im bloßen Hemde, in dem offenen Fenster stehen. »Abel!« rief ich, »führest du Krieg hier mit den Eulen?«

»Ja, Herr Magister!« rief das Kind fast weinend, »sie will nicht weg; meine Möddersch kann nicht schlafen!«

Da ich unter den Baum trat, flog die Eule ohne Laut davon; aber aus den Zweigen fiel es noch einmal auf den Grund, und da ich mich bückte, lagen Schuh und Kloppen und Bürsten rings umher. »Du bist ein schlechter Schütze«, sagte ich, »und morgen wirst du hier zu sammeln haben; die Eule ist fort, leg dich nun schlafen!«

»Aber morgen«, entgegnete sie hadernd, »ist sie wieder da!« Dann rief sie rückwärts in das Zimmer: »Wartet nur, Möddersch; ich komme jetzt schon gleich!« Und ein Nachthauch blähete das Linnen um ihre Knie und trieb die feinen Härchen um ihr Antlitz.

»Sei ruhig, Abel«, sagte ich, zu ihr hinantretend,»vor morgen nacht soll die Eule hier geschossen sein.«

Da huckte sie sich eilig nieder, und das Hemd auf ihre Füße ziehend, bog sie ihr Köpfchen hinaus, daß die dunkle Haarflechte über ihre Schulter fiel. »Dank; gute Nacht!« sagte sie leise und streckete mir den hageren Arm entgegen, so daß ich ihre Hand ergreifen mußte.

»Gute Nacht, Abel!«

Dann klappte das Fenster zu, und ich vernahm noch, wie sie drinnen mit leichten Füßen auf den Boden sprang.

– Erst nach Jahren wurde es mir klar, weshalb ich in der Nacht darauf fast widerwillig nur geschlafen hatte. Aber da ich folgenden Tages meinen Junker bitten wollte, daß er den Ruhestörer schieße, überfiel es mich wie eine Scham; denn er achtete das Mädchen schier gering und schien von ihrem Treiben nichts zu merken. So sprach ich nur: »Die alte Matten kann davor nicht schlafen, Rolf!«

Da war er gleich bereit; und abends, wo der Himmel, wie gestern, mit allen Sternen leuchtete, schlichen wir miteinander auf dem Gartensteige, der Knabe die gespannte Flinte in der Hand. Mir war, ich weiß es nicht, weshalb, beklommen, so daß ich aufschrak, als plötzlich der mißfällige Schrei des Kauzes aus dem Dornbaum scholl; Rolf aber trat behutsam näher; ein Schuß krachte, und ich hörete, wie der getroffene Vogel durch die Zweige fiel. Doch im selben Augenblicke wurde die Gangtür aus dem Hause aufgerissen; und ich sah wohl, daß es Abel war, denn so gleich einem Vogel konnte hier keine andre fliegen, auch schimmerte ihr graues Kleidchen in der Abendhelle; ich sah es, sie hatte die Hände des Junkers ergriffen und küßte sie wohl zu hundert Malen.

Er schien sie erst nicht zu erkennen; dann aber rief er: »Bist du toll? Ich will nicht deine Küsse; der Schuß war nicht für dich!« Und da das heftige Kind nicht allsogleich von ihm abließ, stieß er sie voll Zorn zurück, daß sie stolperte und mit einem Wehschrei ihr Antlitz auf den Boden schlug.

Rolf war im Augenblicke bei ihr, um sie aufzuheben. »Nein nein!« schrie sie und stieß mit beiden Händen gegen ihn; dann wie eine Katze war sie aufgesprungen und laut weinend durch die Gangtür in das Haus verschwunden.

Rolf wandte sich und schien seiner Beute nachzusuchen. »Das war nicht gut«, sagte ich, »daß du des Kindes Dank so von dir stießest! Sie wird sich arg zerschunden haben.«

Da war er zu mir getreten. »Lassen Sie es gut sein, Herr Magister«, sagte er; »das heilt schon wieder. Es ist kein Unglück, daß ich nicht bin wie meiner Mutter Vater; die alte Matten wird nun schlafen können.«

Er hatte das also ernst gesprochen, daß ich ihm nichts entgegnete; denn es war mir kund geworden, daß seine Großmutter eines geringen Mannes Kind gewesen und sein väterlich Geschlecht darob zugrund gegangen sei.

Aber mit der Abel war's, als ob sie sich seitdem vor aller Welt verstecke; nur einmal, an der Küche, huschte sie an mir vorüber, und ich gewahrete, daß von der Stirne abwärts ein blutrünstiger Streifen ihr zart Gesicht verunzierte.

Da redete ich mit unserm Herrn und mit der alten Matten, und das Kind wurde bei guten Leuten in der Stadt untergebracht; es wurde auch für einige Unterweisung dabei gesorget, darob ich eine sonderbare Befriedigung in mir verspürete.

In diesem Sommer waren manche Wölfe eingebracht; die Schüsse aus dem Walde hörte ich öfters, wenn ich in der Nacht erwachte; es war, als ob der Alte mit Gewalt itzt sein Revier ausräumen wollte. Nun hingen die Wälder voll Eicheln, und Gott hieß den Wind, sie auf die Erde schütteln; da wurden nach manchem Jahr zum erstenmal wieder die Schweine am Rand der Forsten auf die Mast getrieben, und geschahe davon kein Unheil. Aber über den Wildmeister tauchte hie und da Gerede auf, was nicht laut zu werden wagte; denn der Herr Oberst hatte kein Ohr für das, was mit der Zunge Wunden machet. Der Herr Vetter stieß mich an und raunete mir zu: »Geduld, Ehrwürden; wir kriegen ihn noch! Wenn nur Hans Christoph und die alte Matten reden wollten!« Und Tante Adelheid, so sie oben vom Fenster aus den gescholtenen Mann über den Hof schreiten sah, kniff die Lippen ein und schüttelte das Haupt.

So stand es zu Ende des Septembers. Da meldete eines Nachmittags der Wildmeister unserm Herrn, er denke einen und, worüber er sich informiert, den letzten ausgewachsenen Wolf in seinem eignen Hofe auf sonderliche Art zu fangen; wenn der Junker es miterleben wolle, so werde er ihm hernach schon eine Bettstatt richten, denn die Nacht würde wohl darüber einfallen.

Und da der Herr Oberst ihn näher ausgefraget, sahe er mich und den Junker an, die wir dabei zugegen waren. »Das mag auf ihm selber bleiben!« sagte er, indem der Sohn fast mit versetztem Atem zu ihm aufsah. »Und der Herr Magister? Der käme ja dann auch einmal bequemlich auf die Wolfsjagd.« Da danketen wir ihm; und als die Dämmerung sich zu senken begann, gingen wir mit dem Wildmeister über die Heide. Als wir dort waren, wo rechts gegen den Wald hinauf der helle Stein am Tümpel durch das Dunkel schien, raunte der Greis des Junkers Namen, und als dieser dichte zu ihm ging, nahm er seine Hand, als ob ihm hier ein Übles widerfahren könne.

Am Turmhaus wurde die Pforte in der hohen Mauer, welche den Hof umgab, von dem alten Hans Christoph aufgetan.

»Ist alles vorgerichtet?« frug der Wildmeister.

»Freilich, Herr!« Und mir war, als hörete ich eine Trauer aus den zwei armen Worten.

Ein steinern Trepplein war gegenüber vor der Haustür; zur Seite unter einem Fenster ein desgleichen Sitz. Ich merkete mir alles, denn ich war noch nimmer hier gewesen. - Der Wildmeister ging mit uns in das Haus und in den oberen Stock hinauf, wo er uns in ein geräumiges Gemach brachte, das ein gewölbet Fenster, wohl mit dem Ausblick auf den Hof und über die Heide und seitwärts auf die Wälder, hatte; aber es war noch dunkel und nichts zu erkennen, denn eben erst kam im Osten die rötliche Scheibe des Mondes über den Rand der Erde.

»Wir müssen warten«, sagte der Alte; »wir dürfen heut kein Licht entzünden!« Und er drückte uns auf zwei Stühle nieder, während er selber wieder nach unten hinabschritt.

Noch bevor er wieder bei uns war, kam vom Hofe herauf das klägliche Geschrei eines Zickleins, das je mehr, um desto stärker wurde. Als er dann hereinkam, sprach er: »Tretet nun ans Fenster!« Und da das geschehen, sahen wir unten ein weißes Zicklein, das von einem aus dem Hause an einem Stricke vor der Tür gehalten wurde und zeitweilig seinen Lockruf in die Ferne schrie; denn der Mond war eben seitwärts von Grieshuus emporgestiegen und warf jetzt einen Schimmer draußen über den Mauerrand. Da sahe ich zwei Seile, die von dem Tor in unser Zimmer gingen, und der Wildmeister wies uns, wie er dasselbe damit auftun und verschließen könne; aber er hielt es noch verschlossen.

Der Junker lugte mit heißen Wangen hinaus. »Wo sind die Hunde?« frug er.-»Eingeschlossen;wir brauchen sie heute nicht.«

Der Junker nickte.

»Es ist eine Wölfin«, sagte der Alte; »ein wild und grausam Tier, denn sie hat spät gewölfet; wenn sie abends ausgeht, ist kein Haustier mehr draußen, und das Kleingewild verkriecht sich in die Erde.«

Ein seltsames Geräusch drang ins Gemach, das einem Schnarchen glich. »Hört!« sagte der Junker hastig.

Aber der Alte wies nach der Zimmerdecke und sprach kopfschüttelnd: »Das sind nur meine Eulen, Kind! Ein Jäger muß geduldig sein.«

Der Mond hatte indes das Zimmer mit sanftem Licht erfüllet, und ich sahe, daß es mit alten Gerätstücken versehen war, so ich sonst auf dem Boden oder in den Seitenräumen zu Grieshuus gesehen hatte; ein ungeheurer Eichentisch in des Zimmers Mitte nahm wohl ein Viertel alles Raumes ein; da herum eine Anzahl ungefüger Stühle; am Fenster stand ein Tischlein mit ausgelegten Feldern. Der Wildmeister führte uns wieder zu den Stühlen und setzte sich selber neben Rolf. Dann begann er von seinen Jagden zu erzählen, in Preußen, Schweden, auch im Jura; er hatte ein brav Stücklein von der Welt gesehen. Aber oftmals hielt er inne und blickte auf den Knaben, der sich an ihn lehnete. »Du bist müde, Rolf«, sagte er.

»Nein, o nein; ich bin nicht müde; erzählet nur!«

Aber der Greis legte von seinem Stuhle aus den Arm um des Knaben Schulter, daß dessen Haupt an seiner Brust zu ruhen kam, und sprach dann langsam weiter. Und bald vernahm ich, wie des Junkers Atemzüge anders wurden. Er schlief; denn es mochte gegen Mitternacht sein, was ihm ungewohnte Stunde war. Da neigte der Alte sein Haupt an das des Knaben und zog ihn mit beiden Armen an sich. »O lieber Gott im Himmel, die Lieb ist gar zu groß!« So hörete ich ihn murmeln, und dann kam ein Stöhnen tief aus seiner Brust. Aber der Knabe schlief, und der Mond rückte weiter und warf sein Licht auf beider Antlitz. Gnädiger Gott, Allwisser, ich war doch schier erschrocken; die beiden mußten eines Stammes sein! So ähnlich erschienen mir in diesem Augenblick das alte und das junge Antlitz.

Der Greis saß schweigend und wandte seine Augen ins Gemach, als suchten sie etwas, das einst hiergewesen sei; da drang von unten ein Knurren der großen Hunde durch die Dielen, und mir war, als ob Hans Christoph sie zu stillen suche; dann schrie das Zicklein vor dem Haustor, und ich meinete zu hören, daß von draußen etwas an der Hofmauer hinaufspringe, aber dorten wieder hinunter auf den Boden falle.

Der Wildmeister richtete sich auf, und ich sahe, wie er den Kopf des Junkers sanft zurückbeugte. »Wach auf, Kind!« sagte er; »der

Wolf ist da!« Dann stund er auf, und der Knabe öffnete die Augen
und schüttelte sein Haar zurück. Der Alte stieß mit einer Büchse,
die er von der Wand genommen, kaum hörbar auf den Boden.
»Nun komm, Rolf!« und er faßte seine Hand und zog ihn an das
Fenster. Draußen fiel das Raubtier, als wolle es sie zerbrechen, mit
den Tatzen gegen die Planken des Hoftors; da griff der Wildmeister
an die Leine, und ich, der ich gleichfalls an dem breiten Fenster
stand, sahe nun den einen Torflügel zurücksinken; aber dahinter
war nur der leere Grund, auf welchen das Mondlicht schien. Der
Wolf war fort und schien nicht rückkehren zu wollen. Wir standen
lange und ich dachte: Warum ließ der Alte nicht zu Anfang gleich
das Tor geöffnet; denn nun scheuet sich das Tier. Oder wollte er nur
um so länger sich des Knaben freuen?

Aber endlich, als ich wieder hinsah, stand auf dem leeren Flecke
eine Kreatur, einem dürren, hochbeinigen Hund vergleichbar, und
schritt, fürsichtig um sich lugend, in den Hof; stand still, warf den
Kopf empor und schritt dann wieder weiter. Schon wollte es zum
Sprunge ansetzen, jedoch im selben Augenblicke klappte hinter ihm
das Tor; ein lotrechter Riegel fiel mit Gewalt herunter, und das
Zicklein war in das Haus hineingezogen.

Der Alte nickte, indem er den einen Fensterflügel aufstieß: »Siehst
du ihn?« frug er und wies nach einer Ecke des Hofes; aber wir sahen ihn nicht, denn es lag dort tiefer Schatten; nur zwei glimmende
Punkte drangen von dorther durch das Dunkel.

Der Wildmeister legte die Büchse in des Knaben Hände. »Das
ziemet dir«, sprach er; »es ist der letzte Wolf in deinen Wäldern.«
Der Junker legte das Schießwerkzeug an seine Wange; aber da das
schlagende Herz des Knaben dessen Arme zittern machte, hielt ihn
der Alte mit der Hand zurück. »Halt, Rolf; ein so gestellet Tier darf
nicht gefehlet werden!«

Da wandte ich mich um; ich wollte Weiteres nicht sehen.

»Nun schieß!«

Der Alte hatte es gesprochen; und es gab einen Krach, und durch
die Dielen kam ein tobendes Geheul herauf. Noch hörte ich, wie der
Wildmeister mit dem Knaben nach dem Hofe hinabging; dann, wie

sie draußen mit Hans Christoph das erschossene Tier aus seinem Winkel zogen.

– »Ihr möget kein Blut sehen, Herr Magister!« sprach der Alte zu mir, da sie beide wieder in das Zimmer traten.

»Ihr saget es«, entgegnete ich; »ich dachte an die Jungen des erschossenen Muttertieres.«

»Das ist nun so«, sprach er und stand in sich versinkend vor mir; »'s ist doch kein schwanger Weib, aus dessen Schoß sich noch ein unreif Kind losreißen muß. Aber die jungen Wölfe sollen nicht verkümmern; ich und Hans Christoph«, sprach er wieder lauter, »holen sie noch heute nacht; solange wir die Brut nicht haben, ist der Wald nicht rein.«

Dann entzündete er ein Licht mit seinem Zunderkästlein, öffnete eine Kammertür und ließ uns eintreten. Hier stand eine schlichte Bettstatt, davor ein großer Sessel, ein Mantel lag darüber.

»Ihr werdet hier schon schlafen können«, sprach er freundlich; »und habet somit gute Nacht!« Er reichte mir die Hand, küßte den Knaben, und wir hörten, wie er durch das andre Zimmer fortging.

Ich setzte mich in den Sessel und deckte mir den Mantel über, Rolf warf sich angekleidet auf das Bett. Er sprach kein Wort; er hatte den Kopf gestützt und starrte auf die Tür, durch welche der Alte sich entfernt hatte. »Wer war das?« rief er plötzlich, doch als ob er zu sich selber spräche.

Da frug ich ihn: »Wen meinst du, Rolf, den Wildmeister?«

Er schien mich nicht zu hören, und der Glanz seiner Augen war gleichsam so nach innen gekehret, als sähen sie rückwärts in die weiteste Vergangenheit; vielleicht, denn es geschiehet ja also, stand er an dem Bette seiner Mutter, die er im vierten Jahre als eine allzeit kranke Frau verloren hatte. Und abermals rief er, jedoch frohlockend: »Jetzt weiß ich es! - Ich soll ihn grüßen!« und seine Augen warfen wieder ihre blauen Demantstrahlen.

Als aber die Flurtür des andern Zimmers aufging und der Schritt des Alten darin hörbar wurde, der etwa was Vergessenes zu holen kam, sprang er jählings aus der Bettstatt und ging hinein.

Aber die Tür blieb hinter ihm um eine Spalte offen; da sahe ich den Knaben in des Alten Armen hängen, ich sahe das alte Gesicht sich auf das junge neigen und viele Tränen aus den alten Augen darauf fallen. Was sie zueinander sprachen, habe ich nicht verstanden, denn es war leise, gleich wie junges Vogelzwitschern. Aber ich stand auf und zog die Kammertür zu, damit sie ganz allein wären. Ich dachte: Schweige! denn, wie Matten sagt, bei Gott ist Rat und Tat.

– Am Abend des andern Tages sahe ich kein Licht da drüben in dem Turmhaus, und ist auch wohl nimmer wieder eines dort gewesen; denn der Wildmeister hatte sich vom Hofe beurlaubet, nachdem er noch die jungen Wölfe abgeliefert hatte. Hans Christoph sahe ich mitunter bei dem Kirchgange, er blickte mich dann traurig an und zog schweigend seine Mütze. Der Vetter raunte mir zu: »Das war des Sünders Glück, Ehrwürden, daß er sich zeitig fortgehoben.« Der Junker aber redete nie von ihm und jener letzten Nacht. Nur der Herr Oberst sprach mitunter: »Das war doch anders, als noch der Wildmeister dort im Turm hauste!« denn der neue Förster, der im Dorfe wohnete, wollte ihm nicht behagen.

Anno 1713 war ich schon mehr denn vier Jahre hier als Successor des Pastor Heikens, der nach Wetzlar in der Wetterau berufen worden.

Der Mißwirtschaft in unserm Lande überdrüssig - denn der Geheimrat Görtz riß immer mehr die Zügel an sich und war mit dem Könige nur einig, wo es galt, die Stände und das Land zu drücken -, hatte der Herr Oberst schon Anno 1707 den Junker nach Stockholm gesandt, woselbst er als Page und Leibdiener unsrer Herzogin eingestellet wurde; nach deren im darauffolgenden Jahre bereits erfolgtem traurigem Absterben trat er als Fahnenjunker in die schwedische Miliz und hatte nunmehr geschrieben, daß er als Lieutenant bei den Dragonern war installieret worden.

Auf Grieshuus saß nun der Oberst mit dem Vetter und der Tante Adelheid in großer Stille; auch machte die Wunde ihm gar oft zu schaffen. Jeden Montagabend brachte ich dorten zu; dann sprachen wir von unserm stolzen Knaben. War ein Brief gekommen, so mußte ich ihn vorlesen; Tante Adelheid hielt dann ihre Spindel müßig auf dem Schoße, und der Vetter rief dazwischen: »Nun, Ehrwürden, was saget Ihr zu unserm discipulus?« Dann nickte der Oberst lächelnd von seinem Kanapee, worauf er mit seinem kranken Beine lag. Um zehn Uhr ging ich wieder hinab nach meinem noch weit stilleren Hause in dem Dorfe; denn ich war noch unbeweibet. Die Abel war noch immer bei denselben Leuten in der Stadt, die ihrer nicht entraten mochten; sie hatten einen Kramladen, und das Mädchen war zu einer braven und anstelligen Jungfer aufgewachsen; in den Laden kam wohl mancher ihrethalben, der anders nicht gekommen wäre. Ich aber dachte schon lange, sie mir zum Weibe zu gewinnen.

Von Wölfen wurde seit des Wildmeisters Abgang ferner nichts gespüret, und es konnte auch ein Kind itzt ruhig durch die Wälder gehen; aber über der Torfahrt und im Turmhaus wohnte niemand mehr, und von hüben und von drüben leuchtete kein Licht mehr nach der Heide. Auch von dem Nachtspuk dorten hörte ich nichts wieder.

So war es im Januarius des gedachten Jahres. Der gewaltige Kriegsfürst Carolus XII. war seit der schweren Niederlage bei Pultawa fern in der Türkei geblieben; da erhuben sich alle seine Feinde, zuerst die Russen und Sachsen und der Dänenkönig Friedrich IV., der sich in dessen deutschen Herzogtümern Bremen und Verden in seinem Übermute von den Untertanen hatte huldigen lassen; aber der schwedische Feldmarschall Steenbock schlug ihn bei Gadebusch und ging bei Lübeck über die Grenze in unser armes Land. So hatten wir wieder einmal alle Molesten des Krieges und waren doch im Frieden mit Dänen wie mit Schweden. Der Steenbock zog plündernd und brandschatzend bis in unsre Gegend, und mußten die drunten in der Stadt zum Willkommen allsogleich fünfhundert Tonnen Viertalerbieres und fünfhundert Tonnen Brotkorn zu dessen Armee liefern.

Grieshuus war wohl bisher noch nicht berühret worden, aber wir waren hier in andern Sorgen; denn unser Junker Rolf zog mit in der Armee des schwedischen Feldmarschalls. Einmal, von Pommern aus, war an den Vater ein Brief von ihm gelanget: »Mon cher papa, ich denk, wir kommen auch noch nach Grieshuus; da lasse ich mich bei Ihnen ins Quartier legen, um alles Mißgefüge zu verhüten. Und meine Falada möcht ich wieder reiten, denn unsre Pferde taugen nicht. Lasset das adelige Tier bis dahin fleißig rühren!« Aber der Herr Oberst hatte ihm darauf erwidert: »Suche dich loszumachen, Rolf; denn der König strecket auch über Grieshuus anitzo seinen Zepter, und er würd' es dir übel danken, so du wider ihn gestritten hättest.« Es kam keine Antwort; er hat den Brief wohl nimmer erhalten. Aber ein mündlicher Gruß kam unerwartet durch einen Knecht, der unten in der Stadt gewesen war. Aus einer schwedischen Eskadron Dragoner, so dorten auf dem Markte ihm vorbeigeritten, hatte er sich rufen hören: »Marten, Marten! Wie geht's zu Hause?« und auf seine fast erschreckte Antwort: »Oh, alles gut, Herr!« nur noch: »So grüß! Ich komme bald!« Dann war die Eskadron schon weit; aber der Knecht wußte nun, es war der Junker Rolf gewesen; er hatte ihn nur nicht gleich erkannt mit dem gekürzten Haupthaar und dem leichten Barte.

Solches erzählete mir der Vater, in Freuden halb und halb in Kümmernis; denn itzo war ich fast jeden Nachmittag ein Stündchen auf Grieshuus. - Am vierundzwanzigsten Januarius aber - es wird das Datum nimmer aus meinem Herzen schwinden - stand ich noch spät abends in dem Schlafgemach der Tante Adelheid und schauete in den hellen Hof hinab und nach dem weiten Himmel, von wo der Mond und alle Sterne auf die Erde schienen. Die Tante vermeinete zu sterben, obwohl der Doktor sie noch ein Dutzend Jahre wollte leben lassen, und ich war, nachdem ich schon nach Haus gegangen, aufs neue geholet worden, um ihr das heilige Abendmahl zu reichen. Die Wachskerzen waren eben ausgetan; sie lag in ihrem Himmelbette und seufzete nach dem Junker, um ihm noch ein ererbet Uhrlein mit Kette in die Hand zu geben. Die alte Matten saß an ihrem Lager, aber das übrige Haus war schon zur Ruhe.

Da ich also in die stille Winternacht hinausschauete und mir beifiel, daß heut und übel Wetter doch nicht allezeit beisammen seien, hörte ich unten von der Torfahrt her ein Rütteln an dem Eisengitter, das der Herr Oberst erst in dieser Zeit hatte davorsetzen lassen.

»Auf! auf!« rief eine Weiberstimme, und noch einmal und lauter: »Machet auf; ich bin es!«

Wer war das? Aber ich wußte es schon und ging mit raschen Schritten nach der Tür.

Die Tante rief kläglich aus ihrem Bette: »Will Er mich schon verlassen, Pastor?« Aber ich vernahm es kaum; ich eilte über den Hof und holete den Schlüssel aus des Verwalters Schlafkammer, der seit Nachmittage mit dem Vetter jenseit des Waldes auf dem Meierhofe war.

Der Wind fegte durch die Torfahrt, es war eisig kalt; draußen aber vor dem Gitter stand ein schlankes Mädchen mit wehenden Röcken, ein Tüchlein um den Kopf gebunden.

»Jungfer Abel!« rief ich und schloß das Gitter auf; »wo kommt Sie doch daher so mitten in der bitter kalten Nacht?«

Aber sie war also außer Atem, sie antwortete nicht, sondern setzte sich nur auf die Treppe, so nach meiner früheren Kammer führte, und ihre kleinen Hände waren schier verklommen.

»Einen Augenblick nur!« sprach sie dann; »aber eilet! Wecket den Herrn Oberst! Ich folge Euch sogleich - nur eilet, eilet!«

Da tat ich, wie sie wollte, und ging eilig in das Haus.

Und als der Herr Oberst kaum aus seiner Schlafkammer in das Wohngemach gelanget war, da öffnete sich auch die Tür vom Flur aus, und das Mädchen war hereingetreten; die dunklen Augen lagen fast schwarz in ihren Höhlen.

Der Oberst saß am Tisch inmitten des Zimmers; eine Flasche roten Weines stand noch vom Abend halb gefüllet neben ihm; er saß bleich und matt in seinem Schlafpelz auf dem Sessel, sein altes Übel plagte ihn itzo sehr. »Abel«, sprach er, »warum kommst du mitten in der Nacht? Hast du Unfrieden gehabt mit deinen Leuten?«

Aber sie schüttelte den Kopf. »Der Wildmeister war in der Stadt!« sagte sie hastig; »aber er wollte erst ein Pferd sich suchen. Da bin ich ihm vorausgelaufen; denn die Schweden haben die Pferde all genommen! Lasset die Knechte wecken, Herr Oberst!« rief sie, indem sie ihm zu Füßen stürzte, »nehmet den besten; er muß reiten, über die Heide und durch die Wälder nach dem Fluß hinunter: aber keine Viertelstunde ist zu verlieren!«

»Was soll das?« sagte der Oberst. »Reiten? Und itzo in der Nacht? Du hast die schlimmen Tage wohl vergessen? Die Kerle fürchten

den Teufel oder was sonst heute umgehen soll; ja, wenn der Wildmeister wirklich wieder da wäre!«

Abel hob ihr bleiches Haupt: »Der kommt zu spät, Herr Oberst! -
So gebet mir ein Pferd! Gott wird mir helfen.«

»Das ist nicht Weibersache. Aber weshalb soll denn geritten werden? Das müssen wir doch zuerst wissen!«

Das Mädchen sah verwirret zu ihm auf: »Ja, ja, Herr Oberst! Aber
der Junker Rolf stehet mit einem Posten schwedischer Dragoner
drunten an dem Flusse; er soll die Brücke halten, denn die Russen
wollen dort hinüber. Sie meinen in der Stadt, das würd' noch Tage
ausstehen; aber ich weiß, die Russen kommen noch in dieser Nacht!
Lasset den Junker warnen, Herr! Sie könnten sonst alle verhauen
werden!«

»Herr Pastor«, sprach der Oberst, nachdem er einen Augenblick
totenbleich, wie suchend, um sich her gesehen, »wollte Er die
Knechte wecken?«

Und so ging ich hinaus und schüttelte die Kerle aus ihren schweren Betten. Als ich ihrer drei beisammen hatte, trat ich mit ihnen
wieder in das Zimmer und hörete den Oberst zu dem Mädchen
sagen, das an seinem Sessel stand: »Hätte ich den Verwalter nur
nicht fortgesendet! - Ich selber?« Und er wiegte wie ratlos seinen
Kopf. Als er aber die Knechte sahe, welche sich schläfrig an den
Türen aufstellten, rief er: »Nun, Leute, wer von euch will eurem
jungen Herrn zuliebe heute nacht noch einen Ritt tun?« Und er
berichtete, was zu wissen ihnen not war. Aber sie antworteten ihm
nicht, schielten sich an und stießen sich mit den Ellenbogen.

»Es soll nicht euer Schade sein!« sprach der Oberst wieder und
bot ihnen eine Summe Geldes.

Da sagte der größte von den Kerlen: »Herr, wir haben ja die
schlimmen Tag'; man lebet doch nur einmal.«

»Wisset ihr«, rief der Oberst, »daß ihr des Junkers Leute seid? Ich
kann euch schicken, ohne euch zu fragen!«

Und da sie abermals schwiegen, schlug das Mädchen wie in Zorn
und Verachtung die Hände ineinander: »Die würden nicht zum

Heile reiten; aber gebet mir das Pferd, wenn sich die Mannsleut fürchten!«

»So nicht, Jungfer Abel!« rief ich; »ich bin kein Reiter; aber so man mich verlanget, bin ich gleich Ihr dazu bereit!«

Da, während sich allmählich ein Haufen Gesindes in das Zimmer gedrängt hatte, wurde unten die schwere Haustür aufgestoßen; es kam die Stiegen zu uns herauf, hastend und doch mühsam; und alle Köpfe wandten sich. »Der Wildmeister!« raunte es unter den Leuten; »das ist der Wildmeister!« Sie wichen alle zurück, als die große Gestalt des Greises in das Zimmer trat. Aber er schritt nicht mehr aufrecht wie vor Jahren; er schien in diesem Augenblick wie am Ende seines Lebens. Trotz der eisigen Nachtkälte draußen rann der Schweiß in Tropfen ihm in den weißen Bart; er wollte sprechen, aber der Atem versagte ihm, und er neigte sich nur stumm vor seinem früheren Herrn.

Der reichte ihm beide Hände und sprach: »Ihr seid krank, Wildmeister; aber ich danke Euch, daß Ihr heut gekommen seid!«

Da erhielt der Greis die Sprache wieder: »Nur alt, Herr Oberst; geben Sie mir einen Trunk von jenem Wein!«

Der Oberst schenkte den großen Glaspokal zum Rande voll, und der Alte trank durstig bis zum letzten Tropfen. Und allmählich richtete er sich auf: »Wer ist zur Brücke?« frug er.

»Niemand!« sprach der Oberst.

Vom Kirchturm unten aus dem Dorfe schlug es Mitternacht, und alle wandten das Haupt, um dem Schalle nachzuhorchen.

»Es ist Zeit!« rief der Alte und stand aufrecht, wie wir vor Jahren ihn gekannt hatten. »Gebet mir des Junkers Pferd Falada, so soll die Erde uns nicht lange halten!«

»Gehe, Marten«, sprach der Oberst, »und sattle die Falada!«

Und der Knecht trollete sich schweigend, und die andern Knechte und die Dirnen gingen mit hinaus. Der Oberst reichte dem Wildmeister die Hände: »Ihr seid der alte noch! Wir harren Euer, bis Ihr wiederkehret; und Gott geleite Euch!«

Doch als dieser sich zur Tür wandte, stand Abel vor ihm, mit ihren großen schwarzen Augen zu ihm aufblickend: »Ich darf nicht«, sagte sie; »aber, Herr, Ihr werdet nichts versäumen!«

Da neigte der noch immer aufrechte Mann sich zu ihr, nahm den kleinen Kopf des Mädchens zwischen seine Hände und küßte sie liebevoll auf ihre Stirn: »Nein, Kind, so Gott will«, sagte er leise; »ich liebe ihn ja noch mehr als du!«

»Noch mehr?« murmelte das Mädchen und schüttelte finster mit dem Haupte. Das sah ich noch; dann war ich mit dem Wildmeister draußen vor dem Haustor. Da stand schon die Falada, von dem Knecht gehalten; das edle Tier streckte den Hals und wieherte grüßend in die helle Nacht hinaus; der greise Mann aber reichte mir die Hand: »Lebet wohl, Herr Pastor!« sprach er, »betet für mich, Ihr kennet ja das Wort der Schrift: Unstet und flüchtig sollst du sein auf Erden! - Noch dies; dann, hoffe ich, wird Ruhe sein.« Und da er mich itzt ansahe, war mir, als schaue ein lebenslanger Gram aus diesem edlen Antlitz.

Er bestieg das Roß, wandte es und ritt über den Hof zum Tore hinaus; ich aber ging ihm bis an den Rand der Mulde nach und sah noch eine Zeitlang die hellen Mähnen seines Rosses in der dunklen Heide fliegen.

– Als ich die Treppe im Herrenhause wieder hinaufstieg, hörte ich die Tür des Krankenzimmers gehen, und mit ihrem Krückstock kam die blinde Matten daraus hervor.

»Wo will Sie hin, Matten?« frug ich.

»Zum Herrn«, entgegnete sie kurz; »aber faß Er mich an Magister!«

So ging ich mit ihr hinein. Der Oberst saß wieder in seinem Sessel; Abel stand neben ihm, als sei sie gelähmt.

»Verzeihet, Herr!« sagte die Alte; »wir hören die Dirnen reden, und das Frölen Adelheid fraget danach: Was ist mit dem Junker?« Dann hielt sie inne: »Ist hier noch jemand mehr zugegen?«

»Deine Abel«, sprach der Oberst; »sonst niemand.« »Abel? Nein, die ist unten in der Stadt; das sei Gott geklaget, denn da ist rauhe Wirtschaft itzo.«

Aber das Mädchen ging zu ihr und berichtete, was sie hergetrieben hatte. Die Alte stand gebückt und lauschte. »Wer soll denn reiten?« frug sie.

»Der Wildmeister, Möddersch; denn der ist wieder da und gleich nach mir hiehergekommen.«

Die Alte hatte sich aufgerichtet: »Der Wildmeister? Den ihr hier den Wildmeister geheißen habt? Wo ist der? Der darf nicht reiten!«

»Was redest du da wieder, Matten?« sprach der Oberst. »Ein besserer wär nicht zu finden. Er ist schon fort; er muß bald mitten in den Eichen sein.«

Da fiel die Alte auf die Knie, und ihren Krückstock in die Höhe streckend, rief sie: »So stehen sie beide bald vor Gottes Angesicht!«

Das Kerzenlicht, welches allein in dem weiten Gemache brannte, und die Mondesdämmerung, welche durch die hohen Fenster schimmerte, erzeugeten ein seltsam wüstes Zwielicht; es war so kalt und öde hier; mir war mit einemmal, als sei alle Hoffnung längst verloren.

Der Oberst hatte sich erhoben und wandelte hinkend auf und ab. »Die Stunde ist schwer, Matten«, sagte er; »mache sie nicht schwerer durch deine Torheit.«

Die Alte entgegnete nichts, sie schien zu beten; doch Abel hob sanft und schweigend ihr altes Möddersch auf. Ich hörte, wie sie langsam den Korridor entlang und nach dem Krankenzimmer gingen.

– Der Herr Oberst und ich waren itzt allein. Vom Dorf herauf kam mit dem Wind ein Schlag der Turmglocke. »Eins!« sagte der Oberst.

»Ja, eins!« wiederholte ich; »vor vier Uhr kann der Wildmeister nicht zurück sein. Wollen der Herr Oberst sich nicht zur Ruhe legen bis dahin?«

Aber er schüttelte den Kopf: »Wenn Er, Magister, mit mir wachen wollte?« Und da ich dessen ihn versicherte, zog er den Glockenstrang: »Vielleicht, er könnte selber kommen!«

Ich schwieg; aber eine Magd kam, und bald entzündete sie ein mächtig Feuer in dem großen Ofen und der Oberst hieß sie seinen Sessel und einen Stuhl für mich davortragen.

Hier haben wir beieinander in der Nacht gesessen. Ein leichter Wind flirrete vor den Fenstern, und unterweilen ruckten wohl einmal die Wetterfahnen auf dem Dache. Sonst war alles still; nur wenn die Stunde wieder voll wurde, kam der Glockenschlag vom Dorf herauf. Geredet haben wir nicht viel mitsammen; des Obersten Gedanken mochten bei dem Sohne sein, auch wohl den greisen Reiter durch den Forst begleiten; denn einmal streckte er jählings beide Arme aus, und rief als wie aus Träumen: »Gott schütz sie beide!« schwieg dann aber wieder oder sprach dazwischen: »Wie weit mag's in der Zeit sein, Pastor?« - Ich selber aber - denn so voll selbstsüchtigen Gebarens ist unser Herz -, ich dachte allendlich doch immer wieder an die Abel, und in meinen Gedanken summete dann allzeit ein Gebet: »Ja, schütze ihn, mein Herr und Gott; aber das Herz des Mädchens, das mein Glück ist und das ihm nicht tauget, das wende du zu mir und gib uns deinen Segen. Amen!«

Das Feuer im Ofen war längst verloschen; itzt prasselte auch das Licht auf und sank dann zusammen. Es wurde fast dunkel in dem Zimmer, obschon da draußen noch der Mond schien; und da ich wußte, wo das Feuerzeug zu finden, so stand ich auf und entzündete das neue Licht, das bei dem Leuchter lag. So war es wieder wie vorher.

Es mag schon nach fünf Uhr gewesen sein, da hob der Oberst seinen Kopf und horchete nach den Fenstern zu; dann plötzlich richtete er sich völlig auf: »Sie kommen!« rief er. »Hört Er es, Magister?«

Wir traten an das Fenster, sahen aber nichts, denn das Torhaus ließ durch das Gitter von hier aus nur einen kurzen Blick nach draußen. Ich horchte. »Aber ein Wagen ist dabei, Herr Oberst!« sprach ich.

»Nein, nein; Er täuschet sich.«

Ich horchete wieder, und ich vernahm es deutlich. »Gewiß ein Wagen!« rief ich. »Aber ein Pferd, vielleicht ein Reiter, ist vorauf!«

Und immer näher kam es. »Ein Wagen! Ja, ich höre ihn sprach der Oberst. »Was hat der Wagen zu bedeuten?«

Bald trabte ein Reiter durch die offene Torfahrt. Auf dem Hofe sprang er ab; aber er brachte selbst sein Pferd zu Stalle. Gleich danach höreten wir wieder draußen seinen Schritt; dann trat er in das Haus und stieg die Treppe zu uns herauf.

»Nur der Verwalter«, sagte der Oberst; »er kommt vom Meierhof. Aber wo ist der Vetter?«

Da war der Mann schon zu uns in das Zimmer getreten, stand am Türpfosten und sah den Oberst an, als habe er Unheil zu verkünden, das den Mund nicht zu verlassen wage.

Sein Herr war auf ihn zugegangen: »Er ist's, Verwalter? Hat Er mich doch schier erschrecket!«

Aber der Mann schien vergebens an einem Wort zu würgen.

Der Oberst wurde unruhig. »So red Er doch!« rief er; »was hat Er mir zu melden?«

Da sprach der andre: »Wir bringen einen Toten.« Und nach einer Pause: »Wir trafen den Wagen vor dem Walde; der Herr Vetter blieb dabei; ich bin vorausgeritten.«

»Den Wildmeister!« rief der Oberst. »Wo habet ihr ihn gefunden?«

Aber der Verwalter starrte ihn an. »Was meinen Sie mit dem Wildmeister, Herr?«

Der Oberst wurde kreideweiß im Antlitz und griff hinter sich nach einem Tische; dann streckte er den Arm und ließ die Hand schwer auf des Verwalters Schulter fallen. »Sag Er nichts weiter; nur - wie habe ich meinen Sohn verloren?« Aber seine Hand zitterte so gewaltig, daß der starke Mann darunter bebte.

»Herr, wenn Sie es wissen wollen!« sprach er; »überfallen sind sie worden, aber halb im Schlafe doch noch in den Sattel kommen; und ein Kampfgewühl jenseit der Brücken hat sich dann ergeben. Der Junker Rolf auf einem hohen Fuchs war überall voran; aber auch viele Lanzen - denn von solchem Reitervolk sind die Russischen gewesen - haben nach ihm gezielet. Da ist vom Wald herunter ein herrenloses dunkles Pferd herangekommen, mit weißem Schweif und Mähnen, die haben im Mondenschein geflogen; das ist, als sei es rasend, durch die Niederung und über die Brücke auf die strei-

tenden Milizen losgestürmt; die dunklen Augen haben gefunkelt, es
hat den kleinen Kopf nach rechts und links herumgeworfen. ‚Das
war kein Pferd, wie wir sie haben', sagte der schwedische Soldat,
der mir das erzählte. Und zwischen dem Junker und einem Offizier, der seine Lanze auf ihn eingeleget, ist es jach hindurchgesto-
ben; aber des Junkers Augen, die er so nötig brauchte, hat es mitge-
nommen. ‚Falada!' hat er laut gerufen, dann -«

»Dann?« stammelte der Oberst.

»Ja, Herr, das ist sein letztes Wort gewesen; denn die Lanzenspit-
ze des Russen hatte ihm das Herz durchstoßen.«

Ich faßte schweigend unsers Herrn Hand; da rollte ein Wagen
langsam in den Hof, und wir stiegen hinab und hoben unsern Rolf,
den schönen toten Offizier, herunter; wir trugen ihn hinauf in seine
alte Kammer und legten ihn auf die Bettstatt; aber nicht mehr, damit
er wie einstmals im Morgenrot von seinem Lager springe.

– Ich hatte den Toten in seines Vaters Hut gelassen; denn mir lag
zu sehr am Herzen, was nun zunächst uns zu besorgen oblag.

Da ich aus dem Hof getreten war, sahe ich ein zehnjährig Bür-
schlein vom Dorf heraufkommen; das erwartete ich, gab ihm eine
kleine Münze und sprach: »Gehe ein Stücklein mit mir, Jürgen, falls
ich einen Boten brauchte.«

Das war es zufrieden: und so gingen wir mitsammen an der rechten Seite oben durch den Waldesrand, und ich, wie wir fürder
schritten, schauete von dorten allzeit über die Heide hin. »Wen
suchet Ihr, Herr Pastor?« frug das Kind.

»Mir ist bang - ich suche einen Toten«, entgegnete ich ihm.

Da wurde das Kind gar stille, und wir gingen weiter; aber es
drängte sich an mich, wenn Krähen oder Elstern in den nackten
Bäumen rauschten. Als wir oberhalb des Steines vor dem Tümpel
kamen, streckte es seine Hand dahin. »Sehet, Pastor«, sprach es; »da
liegt einer!«

Und als wir durch das Kraut hinabgestiegen waren, da hatte ich
gefunden, was ich suchte. Als habe er zu sanfter Ruhe sich ge-
streckt, lag hier der Wildmeister mit seinem weißen Kopfe an den

Stein gestützet. Der Vorbote der aufgehenden Wintersonne war schon da: ein roter Morgenschimmer lag auf dem stillen Angesicht.

Scheu und fürsichtig war der Knabe näher kommen. »Der schläft nur!« sagte er.

Ich aber sprach: »Gehe hin zum Hofe und erzähle, was du hier gesehen; und bitte, daß sie einen Wagen senden; denn hier ist Gottes Frieden und der Schlaf der Ewigkeit.«

Und so kniete ich zu dem Toten und betete, daß Gott Erbarmen haben möge auch mit der Seele dieses Mannes. Der Knabe aber lief dem Hofe zu.

In der Woche vor dem vierten Sonntage Epiphanias standen die zwei Leichen oben in dem großen Saale aufgebahret, und es war der Tag, an welchem die Beisetzung geschehen sollte, denn auch der Wildmeister sollte in die Gruft derer von Grieshuus; so, hieß es, hatte der Oberst es verordnet, weil er sein Leben um den letzten Sohn des Hauses zugesetzet.

Als ich am Vormittage in den Hof kam, fand ich selbigen von Bauern ganz erfüllet, alt und jung, mit ihren Weibern, Kindern und Gesinde; der Oberst, sagte mir einer, habe sie herbestellt. Ich drängte in meinem langen Priesterrocke mich hindurch und trat in das Haus, wo auf dem Flur ein Rauchwerkdüften mir entgegendrang. »Wo ist der Herr Oberst?« frug ich eine Magd.

»In seinem Zimmer«, sprach sie; »aber die alte Matten ist bei ihm; er wünschet ungestört zu bleiben.«

So stieg ich die Stufen der breiten Treppe hinauf und öffnete die Tür des großen Saales. Da waren nur die beiden Toten. Hohe Wachskerzen auf silbernen Kandelabern brannten an ihren Särgen, so mit einem Zwischenraume nebeneinanderstanden, und die Flammen knisterten leise, als müsse doch irgend etwas sich hier regen; hinter ihnen hingen lange Leilaken vor den hohen Fenstern. Und da ich stand und mein Auge nicht von den Leichen wenden konnte, deren Angesichter zu mir gewendet waren, vernahm ich ein Rauschen wie von Weiberkleidern an des Junkers Sarge, und eine dunkle Gestalt, die lautlos dort gelegen, richtete sich empor. Es war

Abel, und ich ging zu ihr, reichte ihr die Hand und sagte: »Hat Sie ihn denn so sehr geliebet, Jungfer?« - Sie neigte das Haupt: »Es hat ihm nichts genützet.«

Aber mein Herz erzürnte sich wegen ihrer Trauer für den armen Knaben. »Gottes Barmherzigkeit«, sprach ich hart, »wird alles ihm ersetzen.«

Da sahen ihre dunklen Augen fast gottlos in die meinen, als wollten sie mich lehren, daß nur ein Weib, nicht unser Herrgott selber, was er verloren, ihm ersetzen könne. Mir aber erschien in diesem Augenblick das Schweigen der Toten so ungeheuer, daß auch mein Mund verstummte. Ich blickte auf das starre Angesicht des Knaben, und eine Falte zwischen den festgeschlossenen Augen, so der Tod nicht ausgeglättet, deuchte mir zu sagen, daß er noch itzo seinem Schöpfer zürne, der ihn also früh berufen habe.

Da hatte sich die Tür geöffnet, und unser Herr in voller schwedischer Obristenuniform, den Hut mit Federn auf dem Haupt, war eingetreten; aber seine Wangen waren schlaff und seine Augen müde; ihm folgeten die alte Matten und der Vetter mit der Tante Adelheid, welche der Tod des Knaben von ihrem Bette aufgetrieben hatte.

Nachdem der Obest zwischen die Särge hineingegangen war, kam es auch draußen die Treppenstufen herauf, und die Leute so auf dem Hofe gestanden hatten, fülleten nun den ganzen Saal, ja standen überdem noch draußen vor den offenen Türen auf dem Gange.

Der Oberst hob seinen Hut vom Haupte: »Ich habe euch herbestellet«, begann er mühsam; »ich mußte es, denn mein Mund ist der letzte, der hier noch reden kann. - So höret es! Nicht ich und nicht mein Sohn, den mir der Herr genommen - der Greis hier in dem zweiten Sarge« - und er legte seine Hand sanft auf die des Toten - »ist euer Herr gewesen bis an sein Ende. Aber ihr sahet ihn nicht, und da er kam als ein Dienender, habet ihr ihn nicht erkannt; unstet und flüchtig blieb er nach dem Fluch der Schrift ein langes Leben durch; denn seinen Zwillingsbruder hatte er im jähen Zorn erschlagen. Aber nicht wie Kain den Abel: der Bruder hatte ihm sein Glück, sein junges Weib, getötet; und da zwang er ihn zum Kampf und erschlug ihn.« Und der Oberst legte die Faust auf seine Brust, daß die Spangen an dem Degenriemen klirrten: »Beim ewigen Gott! Ich hätt ihn auch erschlagen!«

Nach einer Pause sprach er dann noch einmal: »Das habe ich euch sagen müssen, um der Ehre des Toten und um der Wahrheit willen. - Und nun, ihr Alten, die ihr mit ihm jung gewesen, sehet ihn noch einmal an, ob ihr den Junker Hinrich von Grieshuus erkennen möchtet! Und fürchtet euch nicht, denn in seinem Angesicht ist Frieden.«

Da lösete sich eine Reihe alter Leute aus dem Haufen, und sie traten langsam, gar einige auf Krücken oder von einem Kinde geführet, zu dem Sarge und blickten gierig und doch mit Scheu in des Toten Angesicht, das auf all ihr Schauen keine Miene regete. Bald aber erhob sich eine oder die andre Hand und strich liebkosend über das Leichenhemde oder gar an die Wange des Leichnams selber, und ich hörte: »Ach ja, der Junker! Unser Junker Hinrich!« Eine Stimme aber rief laut: »Mein Herr! Mein guter Herr! Nun hast du deine Bärbe wieder!« Das war der alte Hans Christoph aus dem Dorfe.

Der Oberst hatte sich zu seinem Sohn gewendet; er faßte das schöne tote Haupt in seine Hände und küßte es zu vielen Malen. »Rolf«, sprach er leise; »mein Kind! Mein Kind! Vor den Wölfen hat er dich bewahren können; der Wille Gottes ist für ihn zu stark gewesen!«

Die alte Matten stand auf ihren Stock gelehnet und horchete und hielt die Hand ans Ohr und nickte dann, als ob nun alles gut sei. Es war eine rechte Totenstille geworden, die alten Leute lagen schweigend am Sarge ihres alten Herrn.

»Und nun gehet hinaus«, sprach der Oberst wieder, »und lasset mich ein Weilchen noch bei unsern Toten; dann wollen wir die Letzten ihres Stammes in der Gruft zur Ruhe setzen.«

Abel mit ihrem dunkeln und doch bleichen Antlitz stand zu Häupten an des Junkers Sarge; als auch sie hinauswollte, faßte der Oberst ihre Hand: »Nein, bleibe, Kind; und auch Er, Magister; denn die Stütze meines Lebens ist gefallen.«

Die Toten waren beigesetzet, und als hernach die kupfernen Kisten kamen, in welche ihre Särge eingesenket wurden, da ließ der

Oberst die Kapellengruft vermauern, wie sie noch itzo ist. Ihn selbst aber hatte die Sippe seines Weibes vor Gericht gezogen; denn es war unerweisbar, wer zuerst gestorben, ob der Junker Hinrich, ob sein Enkel Rolf; war es der letztere, so hatte dessen Vater kein Erbrecht, weder an Grieshuus noch an den Meierhof. Da es aber bei unterschiedlichen Gerichten gelegen, haben sie endlich sich zu gütlichem Ausgleich hergelassen, und der Oberst hat den Hof gelassen und ist nach Stockholm hingezogen. Die Tante ist mit ihm dahin gegangen; der Vetter aber hatte inzwischen wieder Mut gewonnen, er ging zu einem andern Vetter, bei welchem er sich auch hier im Land zu nähren dachte. »Ehrwürden«, sagte er mir bei seinem Abschied, »wir wären alle hiergeblieben, wäre ich in jener Nacht auf Grieshuus statt auf dem Meierhof gewesen!« - Sie sind wohl itzo alle nicht mehr hienieden; denn außer zween Schreiben des Herrn Obersten, bald nach ihrem Abgang, habe ich von keinem etwas mehr vernommen.

Nach dem Begräbnisse aber war das Gerede von den schlimmen Tagen wieder aufgekommen: der Nachtspuk des Erschlagenen habe dem Junker Hinrich nun doch das Genick gebrochen und also ihn und sein Geschlecht vernichtet. Ich aber sage heut wie vormals: Das sind nugae, und es passet nicht zu des Allweisen Güte; das Pferd wird vor dem hellen Stein gescheuet haben, und so ein altes Leben findet bald ein Ende. Doch will ich eines nicht verschweigen.

Am Tage nach der Beisetzung ist ein Bauer auf den Hof gekommen, der hat die Falada am Stricke hinter sich gezogen und gefraget, ob das Tier nicht hier zu Haus gehöre. Eine Meile unterhalb der Brücke habe es am Fluß gestanden, mit gesenktem Kopfe in das Wasser schauend, gleich als wenn es sich besinne und sich nicht einig werden könne, ob es hinüberschwimmen solle oder nicht; aber da er näher gegangen, sei es noch immer so gestanden und habe auch weder um- noch aufgeschauet; der Nachtmahr oder sonst was müsse es geritten haben.

Die Knechte kamen und auch der Herr und besahen das Pferd, das sich nicht rührete, und sagten: ja, das sei freilich die Falada, aber es sei vordem ein feueriges und gar kluges Tier gewesen.

Und da es erschrecklich mager war, meineten sie, es müsse nur erst wieder Kräfte sammeln, und führeten es in den Stall, wo es lange Zeit mit Fürsicht gut gefuttert wurde. Aber es blieb dasselbe noch nach Wochen, auch nach Monden; denn die schöne feuerige Falada war hintersinnig geworden und zu keinem Ding auf Erden noch was nütze. Da hat der Oberst sich erbarmet und ihr selbst die Kugel durch den Kopf geschossen.

Die alte Matten hatte ich in mein Haus genommen, und da ich sie eines mondhellen Abends holete, ist sie, wie sie mir sagte, gern mit mir gegangen. Als wir auf dem Steige über dem Kirchhofe wanderten, nickte sie nur nach der Kapellenmauer und murmelte wie für sich selber: »Gute Nacht, ihr Christenseelen alle! Gute Nacht auch, Junker Hinrich und du kleiner Rolf! Bei Gott ist Rat und Tat!«

Und ein paar Jahre hat sie dann noch in Frieden unter meinem Dache gelebt.

In dieser Zeit aber ist aus dem großen Unglück der vornehmen Leute mein allergrößtes Glück erwachsen; denn Abel ist mein ehelich Weib geworden und eure Mutter, du, mein Kaspar, und du, meine Maria! Manchen holden Tag hat sie mir gemacht, und die Frommen haben sie geliebt; aber den »König Enzio« hat sie nimmer doch vergessen können. Da haben wir unsre Liebe für den Toten zusammengetan und weiße und rote Rosen auf seine Gruft gepflanzt und allezeit gepfleget. Und fast ein Menschenleben hat der Allgütige mir mein Glück gelassen; itzt ruhet auch sie unter Rosen, die meine Hand allein gepflanzet. Es ist geworden, wie einst Matten sagte: ich habe alle überlebt. Und nicht nur die Menschen; denn Grieshuus ist abgebrochen worden, nur noch Mauertrümmer ragen auf; die Wälder werden Jahr für Jahr geschlagen, daß bis in unser Dorf hinunter der Sturz der Rieseneichen schallet. So ist es, wie der Dichter singt:

> Auf Erden stehet nichts, es muß vorüberfliegen;
> Es kommt der Tod daher, du kannst ihn nicht besiegen.
> Ein Weilchen weiß vielleicht noch wer, was du gewe-
> sen;
> Dann wird das weggekehrt, und weiter fegt der Besen.

Über tredition

Eigenes Buch veröffentlichen

tredition wurde 2006 in Hamburg gegründet und hat seither mehrere tausend Buchtitel veröffentlicht. Autoren veröffentlichen in wenigen leichten Schritten gedruckte Bücher, e-Books und audioBooks. tredition hat das Ziel, die beste und fairste Veröffentlichungsmöglichkeit für Autoren zu bieten.

tredition wurde mit der Erkenntnis gegründet, dass nur etwa jedes 200. bei Verlagen eingereichte Manuskript veröffentlicht wird. Dabei hat jedes Buch seinen Markt, also seine Leser. tredition sorgt dafür, dass für jedes Buch die Leserschaft auch erreicht wird.

Im einzigartigen Literatur-Netzwerk von tredition bieten zahlreiche Literatur-Partner (das sind Lektoren, Übersetzer, Hörbuchsprecher und Illustratoren) ihre Dienstleistung an, um Manuskripte zu verbessern oder die Vielfalt zu erhöhen. Autoren vereinbaren direkt mit den Literatur-Partnern die Konditionen ihrer Zusammenarbeit und partizipieren gemeinsam am Erfolg des Buches.

Das gesamte Verlagsprogramm von tredition ist bei allen stationären Buchhandlungen und Online-Buchhändlern wie z. B. Amazon erhältlich. e-Books stehen bei den führenden Online-Portalen (z. B. iBookstore von Apple oder Kindle von Amazon) zum Verkauf.

Einfach leicht ein Buch veröffentlichen: **www.tredition.de**

Eigene Buchreihe oder eigenen Verlag gründen

Seit 2009 bietet tredition sein Verlagskonzept auch als sogenanntes "White-Label" an. Das bedeutet, dass andere Unternehmen, Institutionen und Personen risikofrei und unkompliziert selbst zum Herausgeber von Büchern und Buchreihen unter eigener Marke werden können. tredition übernimmt dabei das komplette Herstellungs- und Distributionsrisiko.

Zahlreiche Zeitschriften-, Zeitungs- und Buchverlage, Universitäten, Forschungseinrichtungen u.v.m. nutzen diese Dienstleistung von tredition, um unter eigener Marke ohne Risiko Bücher zu verlegen.

Alle Informationen im Internet: **www.tredition.de/fuer-verlage**

tredition wurde mit mehreren Innovationspreisen ausgezeichnet, u. a. mit dem Webfuture Award und dem Innovationspreis der Buch Digitale.

tredition ist Mitglied im Börsenverein des Deutschen Buchhandels.

Dieses Werk elektronisch lesen

Dieses Werk ist Teil der Gutenberg-DE Edition DVD. Diese enthält das komplette Archiv des Projekt Gutenberg-DE. Die DVD ist im Internet erhältlich auf **http://gutenbergshop.abc.de**